よろず占い処 陰陽屋秋の狐まつり

天野頌子

ポプラ文庫ピュアフル

もくじ

よろず占い処　陰陽屋秋の狐まつり

◆登場人物一覧◆

安倍祥明（あべのしょうめい）　陰陽屋の店主。陰陽屋をひらく前はクラブドルチェのホストだった。

沢崎瞬太（さわざきしゅんた）　陰陽屋のアルバイト高校生。実は化けギツネ。新聞部。

沢崎みどり　瞬太の母。王子稲荷神社で瞬太を拾い、育てている。看護師。

沢崎吾郎（ごろう）　瞬太の父。勤務先が倒産して主夫に。趣味と実益を兼ねてガンプラを製作。

沢崎初江（はつえ）　吾郎の母。谷中で三味線教室をひらいている。

小野寺瑠海（おのでらるみ）　みどりの姪。気仙沼の高校生。八月末に男児を出産。

安倍優貴子（ゆきこ）　祥明の母。息子を溺愛するあまり暴走ぎみ。

安倍憲顕（のりあき）　祥明の父。学者。蔵書に目がくらんで安倍家の婿養子に入った。

安倍柊一郎（しゅういちろう）　優貴子の父。学者。やはり婿養子。学生時代、化けギツネの友人がいた。

山科春記（やましなはるき）　優貴子の従弟。主に妖怪を研究している学者。別名「妖怪博士」。

槙原秀行（まきはらひでゆき）　祥明の幼なじみ。コンビニでアルバイトをしつつ柔道を教えている。

葛城（かつらぎ）　クラブドルチェのバーテンダー。実は化けギツネ。月村颯子を捜していた。

雅人（まさと）　クラブドルチェの元ナンバーワンホスト。現在はフロアマネージャー。

高坂史尋（こうさかふみひろ）　瞬太の同級生。通称「委員長」。新聞部の部長。

江本直希（えもとなおき）　瞬太の同級生。自称恋愛スペシャリスト。新聞部。

岡島航平（おかじまこうへい）　瞬太の同級生。ラーメン通。新聞部。

三井春菜（みついはるな）　瞬太の同級生で片想いの相手。陶芸部。祥明に片想い。

倉橋怜（くらはしれい）　瞬太の同級生で三井の親友。剣道部のエース。

青柳恵（あおやぎめぐみ）　瞬太の同級生。瞬太に失恋。演劇部。

遠藤茉奈（えんどうまな）　瞬太の同級生。高坂のストーカー。新聞部。

浅田真哉（あさだしんや）　瞬太の同級生で高坂をライバル視している。パソコン部。

白井友希菜（しらいゆきな）　新聞部の後輩。中学の時から高坂に片想い。

山浦美香子（やまうらみかこ）　瞬太のクラス担任の音楽教諭。通称「みかりん」。

金井江美子（かないえみこ）　陰陽屋の常連客。上海亭のおかみさん。

仲条律子（なかじょうりつこ）　陰陽屋の常連客。通称プリンのばあちゃん。

月村颯子（つきむらさつこ）　化けギツネの中の化けギツネ。別名キャスリーン。優貴子の旅行友だち。

月村佳流穂（つきむらかるほ）　颯子の娘。飛鳥高校の食堂で働いていた。通称「さすらいのラーメン職人山田さん」。

葵呉羽（あおいくれは）　颯子の姪。結婚後ずっと連絡がとだえていた。

葛城燐太郎（かつらぎりんたろう）　葛城の兄。月村颯子に仕えていたが十八年前に死亡。

勇者は眠らない

一

ようやくやわらぎはじめた陽射(ひざ)しが頬(ほお)をなで、ここちよいそよ風が髪をゆらす。

遠くで誰かが自分をよんでいる。

委員長？

違う。

女の人だ。

高く澄んだ、きれいな声。

「……くん」

三井(みつい)だろうか？

「……くん……」

いや違う、大人の女の人だ。

でも母さんじゃない。

ちょっとくせのある甘い香水……。

「沢崎君！　おきて！」

ダンッという大きな音で、瞬太はようやく目をあけた。

鼻がぶつからんばかりの至近距離に若い女性の顔がある。

ふんわりした白いボウタイブラウスに、淡いクリーム色のフレアースカート。

「みかりん……？」

「沢崎君、お願いだから、補習だけは寝ないで！」

豊かな胸にぎゅっと出席簿をだきしめ、ぷるんとした唇をふるわせたのは、クラス担任の山浦美香子先生だ。どうやらさっきの大きな音は、出席簿で机をたたいた音だったらしい。

「あー……」

瞬太はぼんやりと思いだしてきた。

補習。そうだ、放課後の居残り補習を受けていたのだ。

「見て、この教室。寺田先生は沢崎君のためだけに、特別に補習をしてくれてたのよ!?」

山浦先生に言われて教室を見回すと、瞬太の他には誰もいない。

他の赤点仲間たちはみな、夏休み中に補習をすませたのである。

「えーと、それで、寺田先生は？」

「いくらよんでも沢崎君がおきないものだから、あきれて職員室へもどってしまわれたわ」

山浦先生は深々とため息をついた。

「沢崎君、わかってるの？　病気で寝込んだのは気の毒だったけど、夏休みの補習をほとんど欠席したあなたには、もう後がないの」

「う」

瞬太はやましさのあまり、思わず目をそらす。

インフルエンザから肺炎を併発して、夏休みの補習に出席できなかったということにしてあるが、事実は違う。

実は瞬太は、夏休みの間ほとんど、京都にいたのだ。

補習をさぼって、京都でごろごろ惰眠をむさぼり、あるいは観光三昧していたなんて、ばれたら卒業は絶望である。

もちろん自業自得なのだが。

「夏休み前よりはるかに状況は厳しいわ。このままだと飛鳥高校創立以来はじめて、出席日数がたりているのに卒業できない生徒になっちゃうのよ。あなたは今、まさに崖っぷち、いいえ、もう崖を半分転がり落ちて、細い木の枝に片手でつかまってぶらぶらしているところなの！」

「う、うん」

鬼気迫る表情で、マシンガンのようにまくしたてる山浦先生に、瞬太はひたすらうなずくしかなかったのである。

二

ミンミンゼミとツクツクボウシの混声合唱がひびく午後五時すぎ。

瞬太は狭い階段をかけおり、黒く重いドアをあけて陰陽屋にとびこんだ。

冷房がきいた薄暗い店内を、急ぎ足で横切る。

「ごめん、先生のお説教につかまって遅くなった！」

瞬太が言い訳をしながら休憩室にとびこむと、若い店主はいつものようにベッドに寝そべり、優雅に本を読んでいた。

つややかな長い黒髪に銀縁の眼鏡、白い狩衣に藍青の指貫。

陰陽屋の店主、安倍祥明である。

「もうそんな時間か」

寝そべったまま、けだるげに髪をかきあげた。

今日も午後中、暇だったらしい。

よく狩衣がしわくちゃにならないものである。

瞬太はあきれながら、ロッカーに通学かばんをほうりこみ、新しい若草色の童水干に着替えた。

新しい童水干は、谷中の呉服店のおかみである森川光恵が、瞬太のサイズにあわせて仕立ててくれたもので、とても着心地がいい。

瞬太が東京に戻って来た翌日、陰陽屋へ来た光恵と、瞬太の祖母の沢崎初江は、目を細めて、満足げにうなずいた。

「思った通り、瞬太君は若草色がよく似合うわね。凛々しく見えるわ」

「ついこの間まで子供だと思ってたけど、大きくなったもんだわねぇ」

これは夏用の薄い生地だから、涼しくなったらまた冬物を仕立ててくれるのだそうだ。

「あら瞬太ちゃん、夏休みの間に、少し大人っぽくなったんじゃない？」

昨日、新作のプリンを持って来た仲条律子(なかじょうりつこ)も、絶賛してくれたものである。

着替え終わる頃には、耳はふさふさの毛がはえた大きな三角に、瞳は金色をおびたトパーズ色になっている。明るい茶色の長い尻尾(しっぽ)は、先っぽだけが白い。

「じゃあ階段を掃(は)いてくる」

化(ば)けギツネのアルバイト高校生は、ほうきをつかむと、元気よく休憩室からでていった。

「頼んだ」

背後から祥明の声がする。

さっきかけおりたばかりの狭い階段を、一番上まであがると、乾いた風にのって、商店街のあちこちからいろんなにおいがはこばれてきた。

上海亭(シャンハイてい)からはラーメンと餃子(ぎょうざ)の匂い、ピザ屋からはチーズの匂い、銭湯からはシャンプーの匂い、それからもちろん、土埃と緑のにおい。

化けギツネは、嗅覚も聴覚も、普通の人間よりはるかに鋭敏である。

「そうそう、このにおいだよな」

瞬太は慣れ親しんだ森下通り（もりしたどお）商店街の空気を胸いっぱいに吸い込んだ。

自分は陰陽屋に帰ってきたのだ。

あれは夏休み直前の、激しい夕立の日だった。

二人の化けギツネの女性が陰陽屋にあらわれ、それぞれが、自分こそは瞬太の生みの母だと主張したのだ。

一人はキャスリーンこと月村颯子（つきむらさつこ）の姪の葵呉羽（あおいくれは）。

もう一人は颯子の娘の月村佳流穂（かるほ）。なぜか「ラーメン職人山田（やまだ）さん」として飛鳥高校の食堂で働いていた調理人である。

母親を名乗る女性が二人もあらわれたのにも驚いたが、それ以上に衝撃的だったのは、化けギツネと人間は成長のスピードが違うと知らされたことだ。

瞬太はもう成長がストップしつつあるので、年老いていく人間の両親とこれ以上一緒に暮らすのは無理なのだという。

他にも、実の父親は瞬太が生まれる前に死んだとか、結婚相手の恒晴（つねはる）という男が、颯子の血をひく赤ん坊の力を狙っていることがわかり、母は瞬太を連れて逃げたとか、一度にいろいろ知らされて、パニックをおこした瞬太は陰陽屋をとびだしてしまった。

行くあてもなく電車に乗ったのだが、たまたま東京駅で祥明の母の従弟である山科春記に拾われ、京都の山科家で一ヶ月以上を過ごすことになってしまったのである。

毎日、ホームシックにさいなまれながら、鬱々と寝て暮らした人生最悪の夏休みだった。ぶぶ漬けはおいしかったけど。

夏休みも終わりに近づいた頃、ついに祥明が京都まで迎えにきてくれたのだ。

東京に帰ってきたからといって、問題は山積みのままなのだが。

とりあえず三月に高校を卒業するまではこのまま沢崎家で暮らすことになったが、その先のことは何も決まっていない。

いくら人間と暮らすのは難しいと言われたからといって、顔も覚えていなかった妖狐の母親と暮らすのは、抵抗がある。

とはいえ一人暮らしをする生活力はないし、何より、先立つものがない。

就職先が決まっていないから、このままだと就職浪人だし、そもそも高校を卒業できるかどうかがあやしくて……。

「こういうのを、にっちもさっちもいかないって言うのかなぁ……」

瞬太はぷるぷると頭を左右にふった。

だめだ、先のことを考えれば考えるほど不安がおしよせてきて、このままでは立ったまま眠ってしまう。

「何かいいことがなかったっけ……。あっ、そうだ！」

瞬太は尻尾をピンとたてた。

今夜は家に帰ったら、すごいことが待っているんだった。

瞬太の従姉の瑠海が、赤ちゃんと一緒に退院してくるのである。

瑠海は九月の下旬に地元である気仙沼の産院で出産する予定だったのだが、東京の沢崎家にきていた時に破水してしまい、王子中央病院で出産したのだ。

それがかれこれ六日前のことである。

たまたま京都から帰った夜だったので、瞬太と祥明も、父の吾郎とともに、分娩室の前で出産を待つことになってしまったのだが、赤ちゃんの産声を聞いた時は、本当に感動的だった。

「いろいろ迷惑かけちゃって、ごめんなさい。退院したらすぐに、赤ちゃんを連れて気仙沼に帰るから」

出産翌日の瑠海の言葉に、血相を変えて反対したのは、瞬太の母のみどりである。

「何を言ってるの！　新生児を新幹線に何時間も乗せるなんて、だめよ、絶対に。駅も新幹線も病原菌やウィルスがいっぱいなんだから！　インフルエンザやみずぼうそうを拾ったらおおごとよ。一ヶ月検診までは外出そのものを極力控えないと」

看護師長でもあるみどりのつるの一声で、瑠海と赤ちゃんは九月いっぱい、王子の沢崎家ですごすことになった。

「あの若さで赤ちゃんを産むなんてすごく大変なことなんだから、瞬太もいろいろ手伝ってあげてね。慣れるまではてんやわんやだと思うけど」

瑠海はまだ、瞬太と同じ高校三年生なのである。

赤ちゃんの父親も同学年なので、二人ともお金はないし、もちろん子育ての経験もなく、瑠海は不安でいっぱいのはずだ。

「おれにできることなら何でもやるよ。赤ちゃん、すごくかわいいし！」

瞬太はみどりにうけあった。

瑠海の赤ちゃんは、鼻がちんまりしていて、手も指も爪も小さくて、ほっぺたがぷにぷにしていて、本当にかわいらしいのだ。

いくら赤ちゃんの世話が大変だといっても、瑠海と、瞬太と、吾郎と、みどりの四人がかりでやれば余裕だろう。

赤ちゃんがいる暮らしなんて、生まれてはじめてだ。

想像しただけで、顔がへにょっとゆるんでしまう。

「楽しみだなぁ」

ほうきを胸に抱えたままにやにやしていると、通りすがりのトラ猫に冷たい目で見られてしまった。

だめだめ、仕事中なんだから。

「とりあえず、今は階段を掃除する！」

瞬太は自分に言い聞かせると、リズミカルにほうきを動かしはじめた。

三

夜八時すぎ。

瞬太は陰陽屋が閉店すると同時に童水干を脱ぎ、大急ぎで帰宅した。

「ただいま！」

瞬太が玄関のドアを勢いよく開けた瞬間。

「ほんぎゃあああっっ」

大音量で泣き叫ぶ声が家中にひびきわたった。

「おわっ」

瞬太は急いで両耳を手でふさぐ。

なまじっか聴覚が発達しているだけに、不意の大音量には弱い。

「やだ、もう、せっかくうとうとしてたのに、おきちゃったじゃない！」

「ご、ごめん」

瑠海に謝り、瞬太はそろそろと忍び足でリビングルームへむかう。

瑠海の腕の中で、ベビーは顔を真っ赤にして泣いていた。

この小さな身体（からだ）のどこから、大きな泣き声がでてくるのだろう。

「ごめんね、赤ちゃん。おれがたてた大きな音にびっくりした？　もう平気だよ」

瞬太は赤ちゃんにも謝るが、もちろん日本語は通じない。

瑠海は慣れない手つきで、赤ちゃんの背中をなでたり、とんとんたたいたりして、なんとかあやそうとしているのだが、完全に無視されている。

「この子、一回泣いたらなかなか泣き止まないのよ。病院でもやたらに泣いてた」

瑠海の顔には疲れがにじむ。

「おっと、どうしたらいいのかな。いないいないばぁとかしてみようか?」

泣き声が気になって、キッチンからでてきたのは、エプロン姿の吾郎である。

匂いから察するに、今夜のメニューは、青魚のさっぱりマリネと、きのこの炊き込みご飯と、ローストチキンと、アボカドとサーモンのサラダだ。

「赤ちゃんはとにかく泣くのよ」

みどりは一人だけ落ち着きはらっている。それどころか、男たちがおろおろしている様子を面白がっているふしすらある。

「さっきお乳飲んだばっかりだし、お腹すいているってことはないから、おむつかしら」

「えっ、また!? さっきかえたばっかりなのに……あっ」

瑠海はおむつをチェックして、がっくりとうなだれた。

「またおしっこしたみたい……」

「ちょうどいいわ。瞬太、練習してみようか。あ、でも、まずは着替えてきて。急いでね」

「うん、わかった！」

人生初！　赤ちゃんのおむつ交換！

緊張に身を震わせながら、瞬太は二階の自分の部屋に急いだのであった。

四

翌日も朝からよく晴れた、暑い日だった。

飛鳥高校の食堂の窓から、積乱雲が重い頭をもたげて連なっているのが見える。

屋上で昼食をとるのは、まだしばらく無理そうだ。

「いくらなんでもマンツーマンの補習中に寝るのはまずいんじゃないかな。僕の取材によると、沢崎を救済するために、山浦先生と只野(ただの)先生が頼み込んで、特別に補習授業をやってもらってるみたいだし」

瞬太が昨日の補習の話をすると、隣で冷やし中華を食べていた高坂史尋が、やんわりと苦言を呈した。

瞬太と同じクラスで、新聞部の部長でもある高坂は、常に校内外にアンテナをはりめぐらせているのだ。

「今日こそちゃんと補習の間、おきていた方がいいよ。せめて半分だけでも」

「わかってるよ。でも、一晩中、赤ちゃんが夜泣きしてたから、寝不足で……ふあぁぁぁ」

話しながら、瞬太は大あくびをした。

生まれてはじめて赤ちゃんと一緒にすごすことになって、瞬太は最初、浮かれ気分だった。

だが、昨夜、はやばやと思い知らされた。

赤ちゃんと暮らすのは、予想していたより、百倍以上大変だ。

赤ちゃんが夜泣きをするというのは、何となく知っていたが、まさかあんなに大声だとは思わなかった。

化けギツネはなまじっか聴覚が鋭敏なので、大音量の泣き声が、頭にキンキン響く。

夜中だろうと、早朝だろうと、おかまいなしだ。

お腹がすいては泣き、おむつがぬれては泣く。

みどりの解説によると、新生児は一度にほんの少ししかミルクを飲めないので、すぐにお腹がすいてしまうのだという。

だが、それより驚いたのは、赤ちゃんが一日に十回前後おしっこをし、さらに、十回前後うんちをするということだ。

おむつをかえてもかえても、きりがない。

さらに、暑かったり、寒かったり、何かしら気に入らないことがあると泣くのだという。

「とにかく昨夜（ゆうべ）はほとんど眠れなかったんだ」

瞬太は目をこすりながら、高坂にぼやいた。

「その証拠に、見てくれよ、この弁当」

瞬太は食べかけの弁当を、友人たちに見せた。

沢崎家の主夫である吾郎は、毎日、瞬太とみどりに弁当をつくってくれる。

今日のおかずは、サンマの煮物とプチトマトとブロッコリーの弁当だが、たぶんサンマは缶詰からだしただけで、ブロッコリーは冷凍ものを電子レンジで解凍しただけのシンプルなものだ。

「あれ？　いつも沢崎の弁当はこってるのに、今日は全然違うな。まるでうちの母さんの弁当だ」

同じクラスの江本直希（えもとなおき）が、むかいから瞬太の弁当をのぞきこんで、意外そうな表情をうかべた。

江本家は男ばかりの三人兄弟なので、弁当作りでは常に質より量が優先され、冷凍のミートボールや唐揚げが、これでもかというくらいつめこまれるのだ。

といっても、江本は今日も早弁だったので、今、食べているのは、日がわり定食なのだが。

「父さんも目の下にくまをつくってたし、眠れなかったんだと思う」

瞬太に青魚のＤＨＡをとらせなければという使命感から、寝不足でふらふらしながらも、この弁当をつくってくれたのだろう。

「しばらく弁当いらないって、父さんに言おう」

「なるほど、それは沢崎も寝不足になるね……」

高坂は、自分もずっと妹と弟の面倒をみてきたため、身につまされるものがあるようだ。

「甘やかしちゃだめだよ、委員長。沢崎は毎日、一時間目から六時間目まで、教室でがっつり熟睡してるんだから」

どっしりと腕組みをして、鋭いツッコミを入れたのは、江本の隣の岡島航平である。

「音楽の授業中も、みんなが合唱している間、沢崎は立って口をあけたまま寝てたよな。みかりんはなるべくおまえの方を見ないようにしてたけど、額の青筋がピクピクしてたぜ」

「そう……だったっけ？」

瞬太は言葉につまった。反論しようにも、まったく記憶にない。どうやら本当に、立ったまま熟睡していたようだ。

「親戚の赤ちゃんが家にいて大変なのはわかるけどさ、せめて授業中おきているふりくらいできないのか？　おまえ、夏休み中の補習にほとんどでられなかったから、まじに卒業やばいぞ。去年のクラス担任の井上先生だったら、確実に二年生に戻されてたな」

江本が言うと、高坂と岡島も大きくうなずく。

ちなみに、何かと瞬太に厳しかった井上先生は、実家の農業を手伝うために、定年より一年早く退職することになった。

山浦先生は、今でもそのことを、瞬太の呪(のろ)いだとかたく信じているようだ。

「そもそも自分の子供でもないのに、よくそんなに面倒みられるな。従姉の子供なんてほとんど他人みたいなもんだろ？　おれなら耳栓して寝ちゃうぜ」

岡島は感心半分、あきれ半分である。

「だって、病院で出産に立ち会っちゃったし……気分はもう弟だよ」

瞬太はごにょごにょ答えた。

分娩室の前で待っていただけなので、厳密には、立ち会ったとはいわないのかもしれないが。

「そういうものなのか。うちは自分のことは自分でする、がモットーだから、兄弟でもお互い干渉しないけどな」

「言われてみれば、おれも親戚の赤ちゃんまで世話をする自信はないかも。そういう意味では沢崎って偉いよ」

江本がひやかすように笑う。

「うちはほら、父さんも母さんも世話好きだからさ。そういう家風って言ったらおおげさだけど、おれだって王子稲荷(いなり)で拾った他人の赤ちゃんだったわけだし」

「あー……そうか、ごめん」

瞬太が何気なくぽろっと言うと、江本は言葉につまってしまった。

どうしよう、江本を困らせるつもりは、まったくなかったのだが。

「まあ、沢崎はまえから授業中居眠りしてたし、赤ちゃんのせいばかりでもないと思うけど」

さりげなく助け舟をだしてくれたのは、もちろん高坂である。

「そうなんだよな。何ていうか……教室って、本当によく眠れるんだよね。静かだし、落ち着くし、陽当たりがよくて、冷房もきいてるし、先生の声がまたちょうどいい子守歌がわりで……」

へへへ、と、耳の後ろをかく瞬太に、三人はあきれ顔である。

「最悪だな」

岡島は急にあらたまった様子で、苦々しく吐き捨てた。

てっきり自分のことだと思い、瞬太はビクッとする。

だが、岡島の険しい視線の先にあったのは、冷やしラーメンだった。

箸で麺をつまんだまま、渋い顔で首を左右にふる。

「昨日の冷やし中華もいまいちだったが、今日の冷やしラーメンは論外だ。麺に全然こしがない。麺を氷水でしめる一手間をはぶいたんだな。そのせいでスープもぬるい。やっぱり山田さんがいないとだめか……」

九月一日に飛鳥高校の食堂が再開された時、さすらいのラーメン職人山田さんこと月村佳流穂は姿を消していた。

瞬太の母親は自分だと、みんなの前で大嘘をついてしまった手前、さすがに気まずくなったのだろうか。

祥明から聞いた話では、瞬太の父親である葛城燐太郎（かつらぎりんたろう）のことが好きで、瞬太を見守るために飛鳥高校の食堂で働いていたらしいのだが、だからと言って、なぜあんな嘘をついたのか、佳流穂という人のことが瞬太にはさっぱりわからない。

結局、化けギツネの中の化けギツネである月村颯子の立ち会いで、瞬太を産んだのは佳流穂の従妹（いとこ）の葵呉羽（あおいくれは）であることが確定したのだが、佳流穂と呉羽の間には、長年にわたる確執がありそうだった、と、祥明は推測していた。

気にならないと言ったら嘘になるが、ドロドロした話だったら聞きたくない。

女の人の心理は複雑すぎる。

人じゃなくて化けギツネだけど……。

五

それはともかく、さすらいのラーメン職人山田さんこと月村佳流穂がいなくなってしまい、岡島は毎日、悲嘆に暮れている。

担当者が抜けてしまったので、食堂の麺類の質がいっきに低下してしまったのだ。

「山田さんはどこへ行ったんだろう……」

岡島は箸で麺をつまんだまま、窓の外にひろがる高く青い空に目をやった。

いまだかつてない岡島の落ち込みっぷりに、瞬太、高坂、江本の三人は顔を見合わせる。

「おいおい大丈夫か？　失恋したみたいな顔になってるぞ。もしかして山田さんのことが好きだったのか?」

自称恋愛スペシャリスト江本が尋ねると、岡島は唇の端に笑みをきざんだ。漫画だったら「フッ」と書き文字が入るところだ。

「たしかに今、おれのハートにはぽっかりと大きな穴があいている。だがそれは、失恋なんて生やさしいものじゃない。人生の師匠から置き去りにされて、絶望的な悲嘆にくれてるんだ」

「ラーメン職人の山田さんが、人生の師匠だったのか……」

江本はあきれ顔で首をかしげる。

「僕の取材によると、八月の終わりに、新しい修業の場を求めて職場をうつることにした、って、連絡してきたらしいよ。言い訳っぽい気もするけど、そもそもさすらいのラーメン職人なんてよばれている人だから、またどこかへさすらって行っちゃったんだろうね」

高坂が気の毒そうに告げた。

「そうか……修業のために……。ならば仕方がない、な……」

岡島は死んだ魚のような目をして、ずずず、と、麺をすすった。

「くっ……やはり、のびのびだ……」

そんなに気に入らないなら食べなければよさそうなものだが、残すのはポリシーに反するらしい。何より、腹がへるのだろう。

「あ」

瞬太は小さく声をあげた。

十メートルほど前方の通路を、同じクラスの女子二人が、おしゃべりをしながら歩いている。

小柄でかわいらしい三井春菜(はるな)と、長身でキリッとした美少女の倉橋怜(くらはしれい)だ。

瞬太の視線に気がついて、三井はにこりと笑い、小さく手をふってくれた。

いつものシャンプーのいい匂いに加え、土の匂いがする。

もうすぐ文化祭なので、放課後はほぼ毎日、陶芸室にこもっているのだ。

瞬太も小さく手をふり返す。

京都にいる間、何度も三井のことを思い出した。

きっぱりふられてから一年以上たつのに、まだこんなに三井のことが好きだったのかと、自分でも驚いたくらいだ。

卒業のこととか、化けギツネの母親のこととか、問題は山積みだけど、こうして毎日三井に会えるだけでも、帰ってきてよかったなぁとしみじみ幸せをかみしめる。

江本にぽんぽんと肩をたたかれ、瞬太ははっと我に返った。

三井の後ろ姿を目で追っていたのが、ばれたのかもしれない。

「えっと、あのさ、そういえば今年の文化祭、新聞部は何をやるんだっけ?」

瞬太は話題をかえて、ごまかそうとした。

「部としては、壁新聞やアンケート結果の展示をするんだけど、白井さんがね、文化祭は一、二年生中心でやるから、三年生は受験勉強に専念してくれって」

答えてくれたのは高坂である。

瞬太も一応、新聞部の幽霊部員なのだが、夏休み前からずっと京都に行っていたので、ちょっとした浦島太郎状態なのだ。

ちなみに江本と岡島も、瞬太と同じく、新聞部の幽霊部員である。

一年生の時、高坂が新聞同好会をたちあげたのだが、一人だと同好会として承認されないため、三人が名前を貸したのだ。

今では二年生の白井友希菜を筆頭に、ちゃんと記事を書ける部員だけで十人を超えるまでに成長しているが、すべて高坂の努力のたまものである。

「そっか、三年生はおれ以外、みんな受験生だもんな。じゃあ占いコーナーも二年生中心でやるの？」

瞬太の問いに、高坂は首を横にふった。

「今年は占いはやらないそうだよ」

昨年までは新聞部ができたことを告知するためにも、お客さんをよびこむ企画が必要だったのだが、今年はもうその必要はない、というのが白井の意見なのである。

「ふーん、真面目(まじめ)な展示企画だけなのか。まあ新聞部って、本来そういうものなんだろうけど」

瞬太が言うと、高坂がちょっと気まずそうな顔をした。

「どうもうちの妹が、白井さんに、余計なことを言ったみたいで」

「史兄(ふみにい)ちゃんが受験勉強に専念できるようにしてくれって、白井に頼みに行ったらしいぜ」

「奈々(なな)ちゃんが？」

岡島の言葉に、瞬太はドキッとする。

瞬太も高坂の妹に、受験生に甘えるなと罵倒されたことがあるのだ。

白井に頼みに行くくらい、奈々なら当然やるだろう。

「そのせいかどうかはわからないけど、いつになく白井さんが強硬で、文化祭の話をしようとすると、大丈夫ですからの一点張りなんだよ」

「白井は委員長が好きだから、他の女子たちの手をさわらせたくないのかもね」

自称恋愛スペシャリストがニヤッと笑って言った。

「そんなことはないと思うけど」

高坂は否定したが、ありそうなことだな、と、瞬太は納得する。

頭がよく、背が高く、顔もまあまあよく、何かと頼りになる高坂だが、気の毒なことに、女難のきらいがあるようだ。

「あーあ、おれ、最後の文化祭で手相占いやりたかったな。一日中女子の手を握り放題のパラダイス企画なのに。山田さんもいなくなっちゃって、おれの人生はふんだりけったりだよ」

岡島はすっかりやさぐれた風情で、ぬるいつゆをすする。

「それを言うならおれだって、楽しみにしていた教育実習生が一人もこなくて、もう、人生どん底だよ。本物の女子大生と堂々と知り合いになれる年に一度のチャンスなのに。せめて手相占いくらいやりたかったなぁ」

江本は年上の女性に弱い。実際、一年生の時、実習にきた女子大生を好きになったこともある。

ところが、去年に続き、今年も瞬太たちのクラスに実習生がこないことが判明し、口から魂が抜けるほどのショックを受けたのだ。

「おまえもつらいんだな……」

「つらいよ！」

岡島と江本は、ひしと抱き合う。

「おれも今度こそ手相占いをちゃんと勉強したかったんだけど、やらないのか。残念だな」

瞬太が言うと、三人は意外そうな顔をした。

「沢崎が勉強をしたいだなんて、珍しいね。陰陽屋で何かあったの？」

高坂の問いに、違うよ、と、勝手に答えたのは江本だ。

「おれにはわかるぜ。三井狙いだろう。あの小さな手をぎゅっと握りたいんだな！」

「そんなんじゃないって！　おれは男子の手相専門でいいよ」

「隠すな隠すな」

江本はにやにやしながら瞬太の肩を抱いてくる。

「本当に占いをちゃんと勉強したいって思ったんだよ、京都で」

「ふーん」

三人はさらに意外そうな様子で、顔を見合わせた。

決して嘘ではない。

祥明のように、占いを使って、困っている人の相談にのってあげられたら、と、思ったことが二度もあったのだ。

「君たち、ずいぶん時間をかけて食べてるんだね。あいかわらず暇そうでうらやましいよ」

通りすがりに嫌みをぶつけてきたのは、同じクラスの浅田真哉（あさだしんや）である。

空（から）っぽの食器をのせたトレーを持って、下膳口にむかっているところらしい。

「僕なんか寝る暇もないくらい忙しくてまいっちゃうよ。仕事って有能な人間のところに集中しちゃうんだよね」

まいっちゃうよ、という言葉とは裏腹に、顔も声も自慢げである。

「そんなに忙しいなら、さっさと行けよ」

江本が言うと、浅田は一瞬気色(けしき)ばんだが、すぐに余裕をとりもどす。

「言われないでも行くよ。ああ忙しい、忙しい」

肩をすくめると、浅田は立ち去った。

「なんだよあいつ、感じ悪いな。忙しいのがそんなに自慢なのか？」

「ああ、沢崎はＳＮＳやってないんだっけ。最近、浅田のやつ、鬱陶(うっとう)しいくらい忙しい自慢をしてるんだよ。ほら、パソコン部と漫研が一緒につくってるアニメの企画があるだろう？」

「祥明のじいちゃんに陰陽師のことをいろいろ質問してたあれ？」

今年は初の試みとして、漫画アニメ研究会とパソコン部が協力して短編アニメを自主製作している。

実在の陰陽師である安倍晴明(あべのせいめい)と賀茂保憲(かものやすのり)、そして最高権力者である藤原道長(ふじわらのみちなが)が登場する平安アクションファンタジーらしい。

このアニメプロジェクトの中心メンバーである女子たちがとにかく熱心で、狩衣や式盤の写真を撮影するために陰陽屋に来たことからはじまり、平安時代の占いの作法や陰陽寮の職務など、あらゆる質問を祥明にぶつけてきた。

もともと面倒くさがりの祥明は、質問の山に辟易して、祖父で学者の安倍柊一郎に彼女たちの相手を頼んだのである。

柊一郎は、熱心な学生はかえって歓迎するような人だったから、女子たちの質問にもひとつひとつ丁寧に答え、一時は毎週、陰陽屋まで出張講義にきていたくらいだ。

浅田もパソコン部の部員なのだが、そのアニメで男性三人の恋愛関係が描かれていることを非難したため、女子たちから総スカンをくらい、一度はアニメ製作チームから完全にはずされた。

「文化祭まであと半月しかないから、アニメチームの連中、寝る暇もないらしくてさ、授業中よくうとうとしてるよ。で、とうとう、猫の手ならぬ浅田の手も借りるしかなくなったらしい」

江本がいまいましそうに解説した。

瞬太は授業中、うとうとどころか熟睡しているので気がつかなかったが、そう言われてみれば、目の下にくまをつくっている同級生を、何人か見かけた気がする。

「アニメのチームはみんなふらふらなのに、なぜか浅田だけが妙に元気なんだよな。あいつ、自分がいないとこのアニメは完成しない、いや、むしろ自分こそがこのアニメのプロデューサーだ、みたいな顔してるんだ」

「文化祭が終わればおとなしくなるだろうから、それまで放っておくしかないね」

　高坂がため息まじりに言う。

「……つまり、文化祭が終わるまで、まだ半月あるけど、ずっと浅田のあの忙しい自慢を聞かされるってことか？」

　岡島が地を這うような低い声でぼそっとつぶやくと、三人はみな、凍りついた。

「下手(へた)したらあいつ、卒業までずっと自慢話を続けるぜ？」

　岡島がたたみかける。

「いやそれどころか、同窓会で、この先何十年も自慢し続けるかもしれないな」

　岡島は死んだ魚の目をしたまま、淡々と、呪(のろ)いの予言を告げた。

　今日の岡島は、冷やしラーメンのショックからか、ただならぬ妖気をかもしている。

「何十年か……。まさかと言いたいところだけど、浅田に限って、その可能性は否定できないね」

高坂は苦々しげに同意した。

「だめだ、このまま指をくわえて浅田を見てたんじゃ、おれ、一生、後悔する気がしてきた……！」

江本が箸を握りしめて訴えると、瞬太も大きくうなずく。

「何とかしないと！」

「文化祭で浅田をぎゃふんといわせてやろうぜ！」

江本の言葉に、三人は大きくうなずいた。

六

西の空にひろがる薄い雲が、ほんのりばら色をおびている。

瞬太は額の汗をぬぐいながら、陰陽屋へむかう狭く暗い階段をかけおりた。

今日も補習があったので、もう五時に近い。

黒いドアのノブに手をかけて、瞬太ははっとした。

店内から話し声がする。お客さんがきているようだ。

話の邪魔にならないように、そっとドアをあけ、中の様子をうかがった。

店の奥にあるテーブル席を、祥明と、三十代の男女が囲んでいる。女性の方は妊婦のようだ。

瞬太は大急ぎで、だが忍び足で店の奥の休憩室に行き、制服から童水干に着替える。

「よし」

瞬太はふさふさの尻尾をしゅっとひと撫(な)でし、両袖をぱんとひっぱって気合いを入れた。

案の定、祥明はお茶をだしていなかったので、冷えた麦茶をガラスのコップにそそぎ、お盆にのせてはこんでいく。

「あたしは絶対に貴麗爛(きらら)がいいと思うんです！　貴(とうと)い、麗(うるわ)しい、そして絢爛豪華(けんらんごうか)を三文字にぎゅっと凝縮しました。見た目が美しい上に、音の響きもかわいいです」

「いやいや、樹璃杏(じゅりあ)の方がかわいいよ。それに海外の人にも覚えてもらいやすいだろう？　この子は将来、グローバルな職業につくかもしれないから、キララよりもジュリアの方がいいって」

二人はそれぞれ、祥明にむかって熱く訴えている。

どうやら女の子の名前でもめているらしい。

貴麗爛と樹璃杏、どちらも凝った名前で、双方の気合いが感じられる。

瞬太は以前よりだいぶ慣れた手つきで、麦茶のコップをテーブルに置いたが、二人は全然気づいていないようだ。

「名字は龍賀崎でしたね」

祥明は紙に書きながら、画数をカウントした。

「貴麗爛は五十二画で大吉。龍賀崎貴麗爛だと総格は九十一で、こちらも吉数です」

「ですよね！　姓名判断のサイトで何度もシミュレーションしました！」

祥明の答えに、女性は勢い込んだ。

おそらく何十、いや、何百もの名前を入力してみたのだろう。

「樹璃杏も三十八画で吉数、総格は七十七になりますね」

「そうそう、ダブルラッキーセブンなんですよ」

男性も画数はチェック済みのようで、自信まんまんである。

「あら、でも、七十七は吉凶混合なんですよね？　たしか若い頃は苦労するって」

「大人になってから成功するなら問題ないだろ」

「陰陽師さん、貴麗爛の方がいい画数ですよね！」

「いやいや、そのまま外国でも使える方がいい名前ですよね！　だいたい、貴麗爛はちょっと派手すぎると思いませんか？　陰陽師さん」

「あら、そんなことありませんよね、陰陽師さん」

龍賀崎夫妻は祥明につめよった。

「そうですね……」

祥明は扇を頰にあてて、紙に書いた二つの名前を見比べた。

「吉凶以前の問題として、貴麗爛も樹璃杏も画数が多すぎます。一（にのまえ）、中（なか）、小川、水木などの画数の少ない名字だったら、少々画数の多いファーストネームをつけても問題ありませんが、総格が九十一画もあったら、名前を書くとき、他の人の倍の時間がかかります。つまり、テストのたびに娘さんは不利になります」

「そんな大げさな……」

「何秒かかるか、試しに書いてみましょうか。キツネ君、計測を」

「あ、うん。用意はいい？」

瞬太は腕時計の秒針が12になったところで、スタートの号令をかけた。

二人は一斉に、それぞれの考えた名前を書く。

「書けた！」

先に手をあげたのは、当然、夫の方だった。

「十五秒」

「か、書けたわ！」

「十九秒」

さすが九十一画。

名前を書くだけで十九秒である。

「ちなみに私は七秒でした。安倍祥明、三十四画です」

二人は愕然とした表情をうかべた。

まさかここまで差がでるとは思っていなかったのだろう。

「学校内のテストはもちろん、入学試験、資格試験、入社試験。名前を書かない試験はありません」

「あー、わかるわかる。おれも沢崎瞬太って書いてるうちに眠くなっちゃうもんな」

「それは早すぎだ」

ちなみに沢崎瞬太は四十画である。

「ずっとずっと待ち望んで、結婚八年目でようやくさずかった子なんです。だから、完璧な名前をつけてあげようと、姓名判断の本をたくさん買って、いっぱい考えました。生まれてはじめて漢和辞典もひきました。それなのに……」

妻はお腹に両手をあてて、しょんぼりとうつむいた。

夫が、いたわるように、妻の背中をさする。

「龍賀崎だと名字だけで三十九画です。難しいかもしれませんが、なるべく十画以内におさまる名前を選んであげてください」

「十画以内の名前……？」

そんな名前あるかしら、と、妻は戸惑い顔である。

「そうですね。たとえば、龍賀崎ねねだと総格四十七画で大吉となります。とはいえ結婚して名字がかわることもありますから、あまり画数の吉凶にこだわる必要はないと思いますが」

「龍賀崎ねね、か。けっこうかわいいな」

「そうね……」

夫の言葉に、妻もうなずく。

「命名の本を見ていただければ、十画以内の名前もたくさんのっていると思いますよ。あい、ゆき、かおりなどひらがなだけの名前はほぼ大丈夫です。きららもひらがなにすれば、響きを残したまま簡単に書けます。あるいは漢字一文字の名前もたくさんあります。恵、栞、希、桃、怜。ご主人が考えた樹璃杏の中から杏の字を選んで、あんちゃんかあんずちゃんにしてもかわいいでしょう」

「なるほど」

アンもそのまま英語名になるし、ありだな、と、夫はうなずく。

「よく名前は子供への最初の贈り物と言いますし、特にはじめての子供には、ついつい力が入って凝りすぎた名前をつけがちです。しかし、画数があまりにも多い名前は、子供の負担になることをお忘れなく。過剰に凝った名前など、ただの親の自己満足にすぎません。美しくかつシンプルな名前、あるいは願いのこもったシンプルな名前がおすすめです。吉凶は二の次でかまいません」

祥明にしては珍しく、誠意のこもった口調で、丁寧に説明した。

毒舌も、いつもよりだいぶひかえめだ。

赤ちゃんの人生に大きくかかわる相談なので、力が入るのだろうか。

「そうですね。予定日まであと二ヶ月あるから、もう一度熟考します」

「陰陽師さん、ありがとうございました。とても参考になりました」

二人は深々と頭をさげ、相談料を払うと、狭い階段をゆっくりとのぼっていった。

七

念のため、階段上まで夫婦を見送った後、瞬太はため息をついた。

「名前を考えるのって大変なんだな」

これまでも命名相談が持ち込まれたことはあるが、あんなにしょんぼりと帰っていった夫婦ははじめて見る。

祥明はテーブルの上にだされたままだった麦茶を、一気に飲み干した。

さすがに喉(のど)がかわいたのだろう。

「画数だけなら姓名判断のサイトですぐにチェックできるから、わざわざうちまで相談にくるのは、こじれたケースが多いな。さっきみたいに夫婦で意見があわないから、どっちがいいか判定してくれっていうのは、まだましな方だ」

息子夫婦がとんでもない名前をつけようとしているから、なんとか思いとどまらせられないかと祖父母が相談にくるケース。

逆に、祖父母が勝手に古臭い名前を押しつけてきたから、なんとか穏便(おんびん)に却下したい、と、親が相談にくるケースもあるという。

「要するに、そんな名前はだめだと自分の口からは言いにくいから、おれに大義名分を考えさせようとしているのさ」

祥明は肩をすくめる。

「さっきの奥さんも、貴麗爛に未練ありげだったし、どうなることやら」

「貴麗爛に樹璃杏かぁ。どっちも華やかできれいな名前だよね」

「いくらきれいな名前でも、九十一画はあんまりだ。つけられた子供の身にもなってみろ。しかも、そんな派手な名前をつけられた子供に限って、痛々しいくらい地味顔だったりするんだよ」

毒を吐きつつも、祥明は本気で子供の将来を案じているようだ。

あれ、祥明ってこんなにいい奴だったっけ?

もしかして何か悪い物でも食べたんじゃ、と、瞬太は薄気味悪く思う。

「そういえば瑠海さんの赤ちゃんの名前はもう決まったのか？　たしか出生届の提出期限は二週間だろう」

　さすが命名相談を商売にしているだけあって、祥明は詳しい。

　もちろん期限をすぎてから出生届を提出しても受け付けてはくれるが、健康保険をはじめとする各種の手続きが開始できないし、自治体によっては罰金をとられることもあるので、なるべく早く提出するにこしたことはないのだという。

「今度の週末にまた伸一君が東京に来て、二人で相談するって言ってた」

　赤ちゃんの父親である斎藤伸一は、一度は東京にでてきて、生まれたばかりの我が子と対面したのだが、高校の二学期がはじまるので、八月三十一日に気仙沼に帰っていった。

　瑠海と赤ちゃんは九月いっぱい沢崎家にいるので、伸一は週末ごとに上京してくることになっている。

「伸一君は受験はしないんだったな？」

「うん。高校を卒業したら、瑠海ちゃんのお父さんの紹介で、漁船に乗せてもらうんだって。おれも漁師になれるかなって瑠海ちゃんに聞いたら、朝二時とか三時とかにおきなきゃいけないから絶対無理だってきっぱり言われた」

瞬太は夜行性なので、午前三時までおきているだけなら平気なのだが、その後、何時間も作業をできるかと言われると難しい。

なにせ夜が明ける頃に眠くなり、午後三時すぎまで、食事以外ほとんど寝ている始末である。

「二時おきはおれも無理だな……」

祥明は優雅に首をすくめた。

瞬太ほどではないが、祥明も夜型なのである。

たとえ朝型に修正したとしても、力仕事などできそうにないが。

「あーあ、おれにできる仕事なんてあるのかなぁ」

「そんなことは卒業のめどがたってから考えろ」

祥明はピシッと音をたてて扇を閉じた。

「いいか、いろんなことをいっぺんに考えるとおまえはまた収拾がつかなくなってパニックをおこすのが関の山だから、とにかく今は卒業することだけに専念するんだ」

「わかってるよ」

余計なお世話だ、自分の将来を心配して何が悪い、と、言いたいところだが、夏休みのほとんどを京都ですごし、みんなにさんざん心配をかけてしまった身としては、反論の余地もない。

「で、今日は補習の間、おきていられたのか？」

「おきていたり……いなかったり？」

もちろん八割方寝ていたのである。

幸い今日の補習の先生は、見て見ぬふりをしてくれたので、山浦先生からこんこんと説教されないですんだ。

「とりあえず宿題をやれ」

「えっ、宿題なんてあったっけ？」

「作文の宿題がでてるってメガネ少年からメールがきてるぞ。終わったら補習の補習だ」

「委員長から!?」

つまり高坂と祥明が手を組んだのだ。

祥明は高坂のことを警戒していたはずなのに、瞬太を卒業させるという点において利害が一致したらしい。

恐ろしすぎるタッグである。

「うう……」

瞬太は長い尻尾をひきずりながら休憩室にむかうと、ロッカーから通学かばんをとりだしたのであった。

八

机に頭が激突しそうになっては、祥明にたたきおこされること五回。

もうろうとする瞬太の耳に、ようやく、階段をおりてくる三人の靴音が聞こえてきた。

「来た！」

瞬太はぱっと立ち上がると、黄色い提灯（ちょうちん）をつかんで、店の入り口まで走っていく。

黒いドアをあけると、高坂、江本、岡島の三人が立っていた。

「いらっしゃい！　どうなった⁉」

今日はたまたま三人とも予備校や塾がない日だったので、新聞部の後輩たちを集め、三年生も文化祭の企画に参加させてくれと頼んだのだ。

これだけ時間がかかったということは、かなりもめたのだろう。

「何とか白井さんを説得したよ」

高坂が少しばかり疲れのにじむ笑顔を見せた。

もともと白井以外は三年生が参加してもいいいんじゃないかという雰囲気だったので、白井さえ説得すれば、あとはすんなり決まったのだという。

「お疲れさま。とりあえず中へどうぞ」

瞬太の案内で、三人はテーブル席にむかった。

「なんだ、お客さんかと思ったら、君たちか」

休憩室からでてきた祥明は、迷惑顔を隠そうともしない。

「まさか今年も、文化祭で占いをやりたいから教えろ、なんて言う気じゃないだろうな？」

「えっ、どうしてわかったの⁉」

「去年とおととしの九月のことをもう忘れたとでも思っているのか」

びっくりした瞬太の鼻の頭を、祥明が扇でつついた。

「ばれてましたか」

悪びれることなく高坂が答える。

「まあ遅かれ早かれ来るだろうとは思っていたさ。どうせいつものお嬢さんも、そのへんにひそんでいるんだろう？　他のお客さんが来た時、不審者として通報されかねないから、中に入ってくれ」

祥明が言うと、ドアごしに店内の様子をうかがっていた遠藤茉奈も、遠慮がちに店内に入ってきた。

遠藤も新聞部の一員なので、堂々と三人と一緒に入ってくればよさそうなものだが、高坂のストーカーとしてのポリシーなのか、常に少し離れたところから参加することにしているらしい。

「今年も新聞部の企画として、手相占いのコーナーを開設することになりました。と言っても、メインは一、二年生たちによる展示企画で、僕たち三年生の占いコーナーはその一角を借りる形になります」

もともと新聞部で教室をひとつ押さえてあったので、そこを間借りすることにしたのだ。

高坂の説明に、祥明は首をかしげる。

「形はどうでもいいが、キツネ君以外は全員、受験生じゃないのか？」

「おれは専門学校へ行くから、キリキリ勉強しないでも平気です」

間髪を容れず、さっと江本が手をあげた。

以前はとりあえず大学をいくつか受けて、全滅したら専門学校へ行くと言っていたのだが、方針転換したのである。

「新しい占いを覚えるほどの時間はありませんが、手相占いだったら、ちょっと復習すれば思いだせますから」

さすが高坂は余裕だ。

「あたしは裏方だけなので……」

遠藤は遠くも近くもない、絶妙な距離から高坂を見守るつもりなのだろう。

「女子の手を握るためなら、たとえ浪人しようとも、我が人生に一片の悔いなし」

やさぐれモードから一転、岡島はきっぱりと宣言した。その目はらんらんと輝いている。

「すごいぞ岡島、よく言った！」

「漢だな！」

瞬太と江本は思わず拍手した。

「感心することか？」

祥明はあきれ顔だ。

「とにかく、君たちは、性懲りもなく、三年連続で手相占いをやるつもりなんだな。去年の客足はあまりかんばしくなかったと記憶しているが、いいのか？」

祥明の厳しい指摘に、高坂はうなずいた。

「そこは僕たちも考えました。去年の敗因はパソコン部が占いソフトをぶつけてきたことですが、今年はアニメで手一杯なのでその心配はありません」

「かぶる心配はないかもしれないが、マンネリ感は否めないぞ」

「何か話題性が必要だというのは僕たちも感じていて、いろいろ考えてはいます」

「例えば？」

「女装とか、メイドとか、執事とか」

「えっ、委員長が女装するの？　それは話題になりそうだな！」

高坂があげた例に瞬太はくいついたが、祥明は冷ややかである。

「ありがちだな。去年の文化祭でも女装やコスプレは見かけたぞ」

「ではハンドマッサージはどうでしょう。最近うちの理髪店で母がハンドマッサージのサービスをはじめたんですが、けっこう評判いいんですよ」

「女装よりはましだが、それならむしろ手相占いをやめて、ハンドマッサージにしぼった方がいいんじゃないか？　女の子の手を握りたいという願望も満たされるぞ」

「卒業までに手相占いをマスターしておきたいというのは、沢崎をふくめ、僕たち全員の希望なんです」

「キツネ君が？」

祥明は驚きよりも、むしろ、疑いの表情である。

「う、うん」

瞬太はこくりとうなずいた。

「メガネ少年にだまされて、その気になってるだけじゃないか？」

「違うよ。おれ、本当に自分で手相占いを覚えたいって思ってるんだ」

「沢崎は京都でいろいろ……」

「それはいいから！」

江本の言葉を、瞬太は慌ててさえぎった。

春記の父親に、占いのことは祥明には内緒にしてくれと頼まれているのだ。

「まあ、君たちがどうしてもというのなら、好きにするがいい。君たちの文化祭だ」

「ではその路線で、早速、今年もおさらいからお願いします」

「どの路線だ……」

ぶつぶつ文句を言いながら、祥明は手相占いの基礎を教えてくれたのであった。

九

夜八時すぎ。

瞬太がドアをあける前に、すでに沢崎家は戦場と化していた。

化けギツネの聴覚を使うまでもなく、激しい泣き声が近所中に響きわたり、秋田犬のジロも驚いて、狭い庭をうろうろと歩きまわっている。

「今日も元気だなぁ」

まあでも、元気なのはいいことだ、と、瞬太は思い直すと、ただいま、と、玄関のドアをあけた。

「もう、今度はどうしたっていうのよ！」

真っ赤な顔で泣き叫ぶ赤ちゃんを、瑠海が困り果てた顔で抱きあげる。

「おむつはさっきかえたばかりだし、お腹がすいたのかな？　まさかどこか痛いのかな？　ひょっとして、泣きたくて泣いてる？」

瑠海の腕の中の赤ちゃんにおろおろと問いかけているのは吾郎だ。

吾郎の質問が聞こえたのか、赤ちゃんはさらに大声をはりあげた。

みどりは家にいないようだ。病院の準夜勤だろうか。

瞬太は、クン、と、屋内にただようにおいをかいだ。

たきたてのご飯の匂い。赤ちゃんの匂い。それからこれは……。

「おしっこだね。ちょっとだけでたみたい」

「えっ、もう!?」

瑠海はおむつを確認する。

「やだ、本当だ。ありがとう」

瑠海は赤ちゃんを抱えたまま、部屋に走っていった。

ジロを飼い始めたばかりの頃、なぜずっと吠えているのかさっぱりわからなくて、三人で悩んだものだが、人間の赤ちゃんはそれよりはるかに大変だな、と、瞬太は思う。

「おかえり、瞬太、助かったよ。おまえの嗅覚が大活躍だな」

「まさかこんなことで役にたつとはね」

瞬太はへへへ、と、照れ笑いで吾郎にこたえる。

「ところで晩ご飯、まだできてないんだ。急いでつくるからちょっと待っててくれ」

ダイニングテーブルの大皿に、まだ火が通っていないハンバーグが並んでいる。

「父さんは家事担当で、瑠海ちゃんが赤ちゃん担当って分担したんだけど、泣き声が聞こえはじめると、どうしても気になっちゃうんだよね」

「あー、わかるわかる」

吾郎も慣れない育児でてんやわんやなのだ。

瞬太が制服からTシャツに着替えてキッチンに戻ると、ちょうど吾郎がハンバーグを焼いているところだった。

美味しそうな音と匂いが家中に満ちている。

もうできあがっているのは、サンマのマリネがのったサラダと、ミネストローネスープ。スープはおそらくレトルトだが、サラダとハンバーグだけでも大変だったことだろう。

「あのさ、父さん。おれが赤ちゃんだった頃もきっと大変だったんだよね……」

瞬太は申し訳なさそうに吾郎に言った。

ところが吾郎は、いやいや、と、笑ったのである。

「瞬太は昔からとにかくよく寝る子で、ほとんど泣かない、天使のような赤ちゃんだったよ。うちに来た時はもう、生後半年くらいにはなってたしね。たしかミルクを飲ませるために、母さんがわざわざおこしてた気がする」

「そんなに⁉」

「うん。母さんが、こんなによく寝る赤ちゃんは初めて見た。本当にいい子だって絶賛してたよ。ま、今と一緒だな」

ははは、と、明るく吾郎は笑う。

今はおきろと叱られてばかりの瞬太だが、よく寝ることを絶賛されていた頃があったとは。

不思議なような、うらやましいような、妙な気分だ。

「もし生まれたばかりの頃のことが気になるなら、呉羽さんに聞いてみたらどうだい？」

「あ、うん……」

吾郎の口から急に生みの母の名前がでて、瞬太はうろたえる。

「まだ連絡とってないんだね」

瞬太の目が泳ぐのを、吾郎は見逃さなかった。

「何となく……」

呉羽は瞬太を産み、そして、王子稲荷神社の境内（けいだい）に置き去りにした母である。

七月に、十七年ぶりに再会したのだが、感動的という表現からはほど遠い、むしろ衝撃的な再会だった。

京都から帰ってすぐに、祥明が呉羽の電話番号を書いたメモをくれたのだが、まだ一度も話していない。それどころか、メモをポケットにつっこんだままである。

「瞬太は即断即決で行動力があるのが持ち味なのに、珍しいね。母さんに気がねしてるのかな？」

祥明にはいつも「考えなし」と叱られるが、吾郎の目から見れば「行動力がある」ということになるらしい。

父さんは過保護な上に親ばかだなぁ、と、瞬太は一人で照れて、耳の裏をかいた。

「ええと、うーん、母さんのこともちょっとはあるけど、それより、呉羽さんと何を話したらいいのかわからなくて……」

「無理に連絡をとる必要はないけど、気になることは聞いてみたら？　聴覚や嗅覚をコントロールする方法もあるみたいだし」

「うん」

吾郎はもともと穏やかな性格である上に、瞬太の実の父親がもう亡くなっていることがわかったため、心に余裕がある。

瞬太の母親は二人いるが、父親は吾郎一人しかいないのだ。

「でも、祥明も、今は高校を卒業することだけを考えろって言うし」

「そうだったな。まずは食べようか」

「うん」

吾郎は大声で瑠海をよぶと、ご飯をよそいはじめる。

「きいてよ、おじさん!」

瑠海は血相をかえてダイニングキッチンにもどってきた。左手に携帯電話を握りしめている。

「どうしたんだい?」

「気仙沼の伸一に、明日は午前中で授業が終わるから、晩ご飯までには東京に来られるよね? ってメールできいたの。そしたら、午後は部活があるから、夜十時すぎになるって返事がきたのよ。まだ部活にでてるなんて信じられない! こっちはこんなに大変な思いをしてるのに‼」

夜泣き大魔神の世話をするのがどんなに大変なことなのか、伸一にはまだ全然わかっていないのだ。

吾郎はいつもなら、まあまあ、と、瑠海をなだめるところだが、今日は違った。

「けしからんね! 父親としての心得ができていないよ!」

左手を腰にあて、右手でしゃもじをふりかざしたのである。

勇者のポーズ……とは違うが、なにやら血気盛んな剣士っぽい。

「でしょでしょ！」

我が意を得たりとばかりに、瑠海は大きくうなずいた。

なるほど、下手になだめると逆効果だから、瑠海に賛成して、落ち着かせようとしたのか。

さすがは父さんだな、と、瞬太は感心した。

「明日の夜は、たっぷり赤ちゃんを抱っこさせてあげよう。最低五時間かな」

あれ、目つきが本気っぽい……？

「ううん、一晩中抱っこしてればいいのよ。かわいい我が子なんだから」

「それもそうだな」

疲れた顔を見合わせ、にたりと悪い笑みをうかべる二人を目の当たりにし、瞬太は心の中で滝のような汗を流した。

怖いよ。

二人とも完全に目がすわっているし。

まあ、たしかに、部活っていうのは余計な一言だったかも。

伸一って、空気の読めない男なんだな……。

瞬太は病院で会った、生真面目そうな色黒の東北男児を思いだしていた。

十

四時間後。

二階にある自分の部屋でうとうとしていた瞬太は、赤ちゃんの泣き声で目がさめた。

読むつもりで開いたはずの手相占いの入門書が、なぜか顔の上にのっている。

「またおむつかな？」

赤ちゃんはかなりの大声で泣いているのだが、瑠海も吾郎もおきだす気配がない。

二人とも昨夜ほとんど寝ていないようだったから、泥のように眠っているのだろう。

みどりがいれば、率先して赤ちゃんの面倒をみてくれるのだが、まだ病院から帰ってきていないようだ。

瞬太は一階まで、赤ちゃんの様子を見におりた。

嗅覚を全開にするまでもない。どうやらおむつのようだ。

案の定、瑠海はソファに座ったまま熟睡しているし、吾郎はエプロンをつけたまま、布団でいびきをかいている。

おむつの交換は、昨夜、みどりの指導のもとで五回もやったから、一人でもなんとかなるはずだ。

よし、まずは今つけているおむつをはずさないとな。

瞬太は震える手で、赤ちゃんのおむつ交換にいどんだ。

心臓がドクドクと激しく脈打ち、汗がだらだら流れて止まらない。

落ち着け、おれ。

万一失敗したとしても、おれがひどい目にあうだけで、赤ちゃんに被害がおよぶことはない……って、母さんが言ってた。

なんとかおむつの交換が完了し、瞬太は疲労で倒れそうになる。

だがどうしたことか、まだ赤ちゃんが泣き止んでくれない。

仕方がないので、抱っこであやしてみることにする。

首をそっと肘でささえながら、ゆっくり赤ちゃんを抱きあげた。

これまた昨日習得したばかりの大技だが、やはり心臓への負担が半端ではない。

「ねむくなれ、ねむくなれ〜」

抱っこしてゆらしながら、なんとか寝かせつけようとするが、全然泣き止んでくれる気配がない。

「よし、大サービスだ！　必殺、狐火（きつねび）！」

瞬太はてのひらから蒼（あお）い炎をだしてみせた。

「ほらほら、狐火だよ、不思議だろう？　熱くないんだよ」

赤ちゃんの顔の近くにてのひらをかざし、狐火をゆらゆらさせてみせる。

大人だったら、いや、子供でも、びっくり仰天間違いなしだ。

だが赤ちゃんの気をひくことはできなかった。

まったく無反応で、泣き続けている。

赤ちゃんにとっては、人間のてのひらから炎がでても、不思議でもなんでもないのだろう……。

そもそも、まだ目がよく見えていないのかもしれない。

残る選択肢は、ミルクをあげることだけだ。

片腕で抱っこしてミルクをあげるのは、まだ怖くて一人ではできないので、ミルクをつくった後、なんとか吾郎をおこすしかない。

いつも誰かにおこされてばかりの人生をおくってきた瞬太が、まさか自分以外の人をおこす日がこようとは。

人間も化けギツネも、人生は予期せぬことの連続である。

呉羽さんはどうしてたんだろうな……。

自分に似た面差しが、ふと、瞬太の脳裏をよぎる。

瞬太は頭を左右にふると、泣いている赤ちゃんをそっと布団におろし、キッチンへむかったのであった。

十一

翌日の土曜日。

午後一時半に、新聞部の緊急部会が招集された。

新聞部専用の部室はないので、瞬太たち三年生の教室に一、二年生が集まってくる。

文化祭の手相占いのコーナーに、ハンドマッサージのサービスを追加することを高坂が告げると、白井はきゅっと眉をひそめた。

「高坂先輩、本当に受験勉強は大丈夫なんですか？　沢崎先輩のために無理してるんじゃ……」

相変わらず何か勘違いしているようだ。

「心配してくれてありがとう。でも大丈夫だよ。岡島が、ハンドマッサージはおれにまかせろって言ってるからね」

「うむ。大船にのったつもりでまかせてくれ」

岡島は胸をはる。

「おれも頑張るよ！」

「お、おれも」

江本につられて、瞬太も言ってみたが、白井に冷ややかな眼差し（まなざし）をむけられただけだった。

「高坂先輩がそこまで言うのなら……」

「ありがとう」

高坂にさわやかな笑顔で言われ、白井は困ったような、照れたような、複雑な表情で頰を染めたのであった。

瞬太は午後中、陰陽屋であれこれとこまかい仕事をこなした後、夜八時すぎに帰宅した。

音をたてないよう、玄関のドアをそっと開けると、見慣れぬ大きなスニーカーが目に入る。

「や、やあ、瞬太君」

瞬太にぎこちない挨拶をしたのは、瑠海の婚約者で赤ちゃんの父親の斎藤伸一だった。

陽に焼けた長身、がっちりした肩と大きな手、短い黒髪に低い声。いかにもスポーツマンといった風貌だ。実際にバスケットボール部の部長らしい。瞬太とは真逆のタイプである。

まだ八時すぎなのに、もう沢崎家に着いているということは、さすがに部活は休んだのだろう。

「その、病院で会ったと思うけど、斎藤、です」

瑠海の叔母宅に泊まることになり、緊張気味のようだ。

「あ、ええと、いらっしゃい」

勢い余って、陰陽屋へようこそ、と、口走りそうになる。

瞬太はほとんど人見知りはしないたちだが、伸一の緊張がうつったようだ。

「おかえり、瞬太」

吾郎がキッチンから、みどりと瑠海がリビングルームから、それぞれ声をかけてきた。

瞬太は手を洗い、うがいをしてからリビングルームへ行く。うっかり忘れると、みどりに叱られるのだ。

ソファに腰をおろした瑠海は、赤ちゃんを抱いている。

「赤ちゃん、今日はご機嫌だね」

瞬太が小声で話しかけると、みどりが、ふふふ、と、笑う。

「今日はいい子なのよ。パパが好きなのね」

「パ……パパ」

みどりにひやかされ、伸一はパッと顔を赤くした。

「はいパパ、お願い。首に気をつけてね」

瑠海がたたみかけ、腕の中の赤ちゃんを伸一の前にさしだす。

「お、おう」

伸一は、瞬太以上に不慣れな手つきで、おそるおそる赤ちゃんを抱きかかえた。

見守る瞬太も、思わず緊張し、手に汗にぎる。

大柄な伸一が抱きかかえると、赤ちゃんはひときわ小さく見えた。

「こ、こうですか？」

「そうそう、上手よ、伸一君」

みどりにほめられて調子にのった伸一は、赤ちゃんにむかって「べろべろばー」と変な顔をしてみせる。

本人はあやしたつもりだったのだろう。

しかし伸一の声が大きすぎたのか、赤ちゃんは泣きはじめてしまった。

あーあ、という空気が家中にひろがるが、もはや手遅れである。一度泣きだした赤ちゃんは、そうそう泣きやんでくれない。

「ばばばっ、ごめん、怖かったか⁉」

ばばばっ、というのは、気仙沼弁で驚きを表現する言葉だ。

伸一はあわてて赤ちゃんを瑠海に戻そうとする。

だが瑠海は赤ちゃんを受け取ろうとしない。

「別に伸一のせいじゃないよ。そろそろおむつの時間だと思う。かえてあげて」

「ばばばばっ、おれがか⁉」

伸一の顔がひきつった。

ちなみに「ば」の数が多いほど、驚きが強い。

瞬太の嗅覚が、おむつの交換はまだ必要ないと告げている。

だが、瞬太に、瑠海に逆らう勇気などあろうはずもなく、黙っていることにした。

「さっき叔母ちゃんに教えてもらったよね？」

「お、おう。ちょっと待て」

伸一はノートを開いて、ソファの上に置く。

おむつのかえ方をみどりに教えてもらった時、わざわざノートをとったらしい。

「伸一君、ちゃんとノートをとったのか。えらいなぁ。うちの瞬太がノートをとってるところなんか一度も見たことないよ」

隣の台所からエプロン姿の吾郎が顔をだし、感心した様子で大きくうなずく。

「動画もとったのよ。伸一君は本当に熱心だから教え甲斐があるわ」

「へぇ、伸一君すごいなぁ」

瞬太は驚いて目をしばたたいた。

もちろん瞬太だって、みどりのおむつ交換講習は真面目に聞いたつもりだが、そもそもノートをとるとか、動画撮影をするという発想自体がうかばなかったのである。

なにせ学校の授業は、常に熟睡なのだ。

「あたりまえです。父親ですから」

三人に感心されて、伸一はしゃちほこばった様子で答えた。

「みんな甘やかさないで！　できて当然のことをまだできないのが問題なんだから」

瑠海が腕組みをして、伸一に厳しい視線をそそぐ。

本来、赤ちゃんが生まれる前に父親教室で教わることなのだが、伸一は一度も出席しなかったらしい。

「すまない。その通りだ」

伸一は深々と瑠海に頭をさげる。

「部活とか行ってる場合？」

「すまない」

瑠海は瞬太にも厳しいが、それ以上に、伸一には容赦がない。

きっと昨夜も、おそろしい剣幕で瑠海に罵倒され、今日は授業が終わり次第、誰かに一ノ関（いちのせき）まで車をだしてもらって、東北新幹線にとびのったのだろう。

「瑠海ちゃん安心して！　おむつ交換もお風呂のいれ方も、あたしが伸一君にばっちり教えるから」

「ありがとう、叔母ちゃんは本当に頼りになるわ！」

みどりのとりなしでようやく瑠海の怒りがおさまり、思わず瞬太もほっとする。

「じゃあ伸一君、やってみようか」

「はい」

伸一はそっと赤ちゃんをソファにおろすと、真剣な面持（おもも）ちでおむつを脱がせはじめた。

いつもはバスケットボールを持っている大きな左手が、赤ちゃんの足首を持ち、こまかくぷるぷる震えている。よく見ると、膝もかすかに震えているようだ。

昨夜の瞬太以上に緊張しているのかもしれない。

「さすが瑠海ちゃんが選んだ男だな。若いのにしっかりしてる」

「男前だしね！」

みどりと吾郎にほめられて、伸一の赤い顔から、だらだら汗が流れおちる。

「ところで赤ちゃんの名前は決まったの？」

瑠海にきかれて、伸一の動きがピタリと止まった。

「まさか忘れてたの？」

「覚えてるさ！　いっぱい考えたよ。でもなかなか一つに決められなくて」

伸一は、おむつの交換の仕方をメモしたノートの、前のページを瑠海に見せる。

そこには男の子の名前がぎっしりと書き込まれていた。

「最終候補を十二個まで絞り込んだんだが、そこから先が決まらない」

「十二って！　全然絞り込んでないじゃない」

瑠海はあきれ顔である。

「そういう瑠海ちゃんは絞り込んだのか？」

「あたしは三つに絞り込んだわよ。男らしくいくか、格好良く決めるか、それとも渋くまとめるかの三択」

「あ、あの、祥明が、なるべくシンプルな名前がいいって言ってたよ。あんまり画数が多いと、テストの時に不利だからって」

瞬太は勇気をふりしぼって、おずおずと口をはさむ。

「それ！」

急に瑠海が瞬太の方をむいて指さした。

「小野寺瑠海なんてやたら画数の多い名前にされて、あたしがどれだけ苦労したか。母さんも教師なんだから、もうちょっと考えてくれればよかったのに」

「女の子が生まれたら瑠海ってつけたいっていうのは、お義兄(にい)さんの昔からの夢だったから、反対しきれなかったんじゃないかしら」

みどりが苦笑いで答える。

「夢？」

「どこまでも広がる瑠璃(るり)色の海のように、美しく気高い娘に育ってほしいっていうお義兄さんの願いがこもった名前なのよ」

「ばばばばっ」

今度は瑠海が真っ赤になる番だった。

「知らなかった……」

「ああ見えてロマンチストなのよね、ふふふ」

「名前を決めるのは難しいよねぇ。よく二人で相談するといいよ。とりあえずおむつの交換が終わったら晩ご飯にしようか」

吾郎の言葉に、二人はおとなしくうなずいたのであった。


晩ご飯の後も、伸一は赤ちゃんを抱っこであやす係を命じられ、しかも赤ちゃんの名前も絞りこめず、ほとんど眠れなかったのだろう。

日曜日の夕方、目の下にうっすらとくまがうかんだ顔で、気仙沼に帰っていったのであった。

十二

月曜日。

「いよいよ今週末にせまった文化祭にむけて、日々、ハンドマッサージの実践練習あるのみだ」

岡島がおごそかに宣言した。

昨日、高坂の母に教えてもらったカルチャーセンターのハンドマッサージ半日コースで、特訓をうけてきたのだという。たいした気合いの入りようだ。

「メインは手相占いだから、ハンドマッサージは一分間もやれば十分だろう。てのひらだけじゃなくて、指をほぐすことも忘れるなよ。自分でやりやすいパターンをつくっておくといい」

「とか言いながら、おまえ、かわいい女の子の手は念入りにマッサージしそうだな」

江本がつっこむと、岡島は小指で耳の穴をほじり、指先を鼻息でふっとふきとばした。堂々たる昭和のおやじっぷり復活である。

「ま、否定はしない」

「でもどこを押せばいいのか、おれ、覚えられるかな……」

ツボの早見表を見ながら、瞬太は自信なさそうに言った。

肩こりにきくツボの一覧、冷え性にきくツボ一覧など、予想以上にハンドマッサージは複雑である。

手相占いもまだマスターにはほど遠いのに、その上、この大量のツボリストまで覚えきれるとは思えない。

「安心しろ。沢崎のために秘密兵器を用意した」

じゃーん、と、言いながら、岡島がとりだしたのは、十二色の油性サインペンだった。

「えっと、まさか……書くの？」

瞬太は驚いて両手をひっこめる。

「嫌ならいいぜ」

「……お願いします」

瞬太が両方のてのひらをさしだした五分後。

左手には、色とりどりの文字で「肩こり」「疲れ目」などのポイントが書き込まれていた。

「この星印は何？」

「親指の第一関節の上が自律神経をコントロールするツボで、その下の、第二関節から手首にかけてのラインが交感神経のツボ、つまり眠気をさますツボだから、補習で眠くなった時に刺激してみろ」

「へぇ、そんな便利なツボもあるんだ」

瞬太は早速、親指の第一関節の上に書かれた星印をぎゅうぎゅう押してみたが、どうも化けギツネにはきかないようである。

ちなみに右手には、頭脳線、生命線、結婚線など、手相占い関係の要所が書きこまれている。こちらは高坂の労作だ。

「へぇ、よかったな。これなら、もしツボを覚えきれなくても、自分のてのひらを見ながらマッサージできて安心じゃないか」

瞬太のカラフルな両手を見て、江本が感心する。

「江本も書いてやろうか？」

岡島がマジックのキャップをはずすと、江本は両手をさっと背中の後ろにかくした。

「いや、兄貴と弟にめっちゃ笑われそうだから、おれはプリント見てがんばるよ。沢崎は一人っ子だから心配ないだろうけど」

「あ、うん」

本当に大丈夫かな、と、瞬太は若干心配になったが、書かれてしまったものは仕方ない。

「でもなるべく覚えるように頑張るよ。手相占いはおれも勉強したかったし」

「そうそう、その意気だよ」

瞬太は三人からいっせいに背中をバンバンたたかれた。

「あと、ハンドマッサージも、母さんが肩こりだって言ってたから、ほぐしてあげられたらいいいな」

「ああ……」

江本が菩薩のような微笑みをうかべる。

「え、なんだよ」

「いや、まあ」

「練習しようぜ」

岡島が、何も語るな、と、言わんばかりの表情で、江本にうなずいた。

「だな」

今度は瞬太は、三人から、肩に手をそっと置かれたのであった。


かくして、休み時間がくるたびに、お互いの手をもみあう毎日がはじまった。

授業中も、こっそり机の下で自分のてのひらを押して、ツボの確認をする。瞬太だけは五分もたたないうちに寝てしまうのだが。

「なぁ、江本、おれ、なんだか指の先がかたくなってきたような気がするんだけど」

「おれなんか、そろそろ指紋が消えそうだよ」

ぶつぶつ言いながらも、江本は瞬太のてのひらを押す指を止めない。

「君たち一体、何をしてるんだ？　僕なんかもう、忙しくて目がまわりそうだっていうのに」

忙しい自慢をしてきたのは、もちろん浅田である。

「いい質問だな」

江本はニヤリと笑った。

「ちょっと手をだしてみろよ」

「え？」

「お客さん、こってますねぇ」

江本は両手の親指にギュウウッと全力をこめて、浅田のてのひらを押した。

ところが浅田は平気な顔をしている。

「全然きかないよ」

「そんなはずないんだけど……」

「あ、沢崎、ついでに肩もやってよ」

「へっ、おれ？」

なんだっておれが、と、瞬太も日頃の恨み（うら）をこめて、浅田の肩をグイグイと押すが、まったくこたえていないようだ。

「ここはどうだ？」

「んー、あんまり」

「じゃ、じゃあここは？」

休み時間が終わるまで、二人でへとへとになるまでもみまくったにもかかわらず、「また頼むよ」と言われてしまったのであった。

「あいつ、痛覚がないのかな」

瞬太が首をかしげていると、背後から鋭い舌打ちが聞こえてくる。

「もっと爪をぐいぐい押し込むんだよ」

岡島は両手の親指をたて、瞬太の肩甲骨を強く押してきた。

「いたたたたっ」

思わず瞬太はのけぞる。

「指の腹できかない時は爪だ。浅田のように全然きかないやつもいれば、沢崎みたいに、すごく痛がるやつもいる。相手の様子を見て、角度をいろいろ工夫しろ」

すごい気迫だ。

つい数日前までは死んだ魚の目だったのに、今やメラメラ燃える炎がやどっている。

「いつもお互いで練習してるだけじゃだめだな。もっと数をこなさないと。食堂で練習台を探すぞ！」

「お、おう」

岡島の号令一下、その日から新聞部三年男子四人は、大急ぎで昼食をかきこむことになった。

「見ろ、沢崎。窓際でカレーを食ってる五分刈り頭が今、自分の肩をもんでる」

「間違いなくこってるな」

瞬太と江本はうなずきあうと、さっと立ち上がった。ターゲットの五分刈り男子の前に立つ。幸い気の弱そうな一年生である。

「ほぐしてやるよ。手をだして」

二人の言葉に、一年生男子はけげんそうな顔をした。

「えっ？」

「肩こってるんだろ？」

「ハンドマッサージでほぐしてやるよ。もちろん金はいらない」

「はあ……」

二人が一年生男子の手でマッサージの練習をしていると、あっという間に見物の生徒が集まってきた。

「おれもやってくれよ」

「あたしもほぐして！」

男子のみならず、女子も練習台希望者続出である。

「ちょうどいい宣伝になったな」

岡島はほくそ笑むと、希望者を並ばせはじめた。なかなかのやり手である。

やはり一番肩こりがひどいのは、アニメ製作が佳境に入っているパソコン部と漫画アニメ研究会だ。いわゆる修羅場状態らしい。

一分間だけハンドマッサージの練習をさせてくれと頼んだら、ケチケチしないで五分間ほぐしてくれと言ってくる始末である。

マッサージ希望者の中に、見覚えのあるロングヘアーの眼鏡女子がいた。

「あれ、君は陰陽屋によく来ていた、漫研の会長さん？」

「ああ、陰陽屋の沢崎君。夏休みの間中アルバイト休んでたけど、ずいぶんインフルエンザ長引いたんだね」

例によって、瞬太は後ろめたい気持ちになったが、本当のことは言えない。

「あ、うん、まあ。アニメ製作の方は順調？」

「順調だったら浅田になんか手伝わせたりしないわよ」

会長はいまいましそうに言った。

「でもあいつ、粘着質な性格だから、着彩とかの単調な作業が得意なわけ。この際、背に腹はかえられないから、使いたおしてやるつもり」

会長は不穏な笑みをうかべる。

「もう文化祭まで一週間きってるけど大丈夫なの？」

「何があっても絶対に間に合わせる。博士も病院の外出許可をとったって手紙をくれたし」

博士というのは、祥明の祖父の柊一郎にアニメチームの女子たちがつけたニックネームだ。

「外出許可？　何のこと？」

「まさか入院のこと知らないの？」

「えっ!?」

入院と聞いて、瞬太はぎょっとした。

祥明は何か言っていただろうか。

そう言えば、祥明が新幹線の中で、柊一郎に頼まれて迎えに来たと言っていたような気がする。

死ぬ前に話したいことがあるとかなんとか……。

あれは単に、柊一郎が高齢だから、そんな大げさな表現を使ったのだろうと軽く聞き流していたのだが、ひょっとして、死を意識するほどの重い病気なのだろうか。

「そんな……まさか……」

瞬太は思わず、会長の手をぎゅっと握ってしまった。

「痛い」

会長が顔をしかめたので、瞬太はあわてて手をはなす。

「ごめん！　それで、じいちゃんの入院先ってわかる？」

「あたしは知らないけど、陰陽屋の店長さんにきいてみたら？」

もっともな会長の言葉に、瞬太は屋上へダッシュした。

案の定、ぎらつく陽射しが直撃する屋上に人影はない。

瞬太はポケットから携帯電話をとりだした。アドレス帳から祥明を選ぶ。

「じいちゃん入院してるの!?」

「は？　じいちゃん？」

もしもし言わずに、いきなり尋ねたので、祥明は面食らったようだった。

「おまえのじいちゃんだよ！」

「ああ」

「病院の場所と名前教えて！」

「何か急ぎの用でもあるのか？」

「そういうわけじゃないけど……お見舞い！」

「ふーん。行ってもかまわないが、補習はうけろよ」

祥明はクギをさしてから、柊一郎の入院先を教えてくれたのであった。

十三

その日瞬太は、補習が終わるや否や、本郷(ほんごう)の大学病院にかけつけた。

オレンジがかった西陽(にしび)に照らされる白い高層ビルは、濃く長い影をおとし、今の瞬太には不吉な姿にしか見えない。

こんな大病院に入院しないといけないほどの重病なのだろうか。

「じいちゃん！」

瞬太が個室のドアをあけると、ベッドに上半身をおこした柊一郎は驚いた顔をしたが、すぐに満面の笑みにかわった。

「やあ、瞬太君、元気そうだね」

「じいちゃんも、けっこう元気そうで良かった……」

瞬太はへなへなと床へくずおれそうになる。

「それはどうも」

はっはっはっ、と、柊一郎は愉快そうに笑う。

白い鬚（ひげ）を長くのばし、作務衣（さむえ）風のパジャマを着ていると、仙人にしか見えない。

「まあかけたまえ」

柊一郎にすすめられ、瞬太はベッドのそばに椅子を運んできて、腰をおろした。

「まずは夏休みの冒険譚（ぼうけんたん）を聞かせてもらえるかな？」

「冒険っていうほど格好良いものじゃないけど……」

陰陽屋をとびだした瞬太が、京都の山科邸にころがりこんだ顚末（てんまつ）を、柊一郎は目を細めてにこにこと聞く。

まずはぶぶ漬けが美味しかったこと、蜜子が美人コンテストのためにエステ三昧していること、そして春記が安倍家の大量の蔵書をうらやましがっていたこと。

「春記さんは、このまま祥明が安倍家に戻らなければいいのにって思ってるのかもしれないな。でも、じいちゃんたちは、本当は祥明に学者をついでほしいんじゃないの？　代々続いた学者の家柄だって聞いたよ？」

瞬太の質問に、柊一郎はにっこりと微笑んだ。

「そう考えていた頃もあったかな。でも、少なくとも僕は、陰陽屋でのヨシアキを見ていて、これはこれでよかったんだなと思うようになったよ。憲顕君の考えはわからないけどね」

憲顕というのは祥明の父親で、やはり、蔵書目当てで安倍家に婿養子に入った学者である。

「しかしヨシアキが接客業にむいていただなんてねぇ。学生の頃はほとんど友だちもいなかったのに」

瞬太が知る限り、今も昔も、祥明の友人は槙原秀行ただ一人だ。

祥明は、おそらく自分でも、接客業にむいているとは思っていなかったのではないだろうか。

　そんな祥明が、細々とはいえ陰陽屋を続けていられるのは、ひとえに、クラブドルチェでホストをしていた頃の先輩、雅人の教育のたまものだろう。

「あのさ、じいちゃん、おれは何の仕事にむいてると思う？」

　瞬太はベッドに頬づえをついて尋ねる。

「瞬太君も接客業にむいてるんじゃないかな。陰陽屋の入り口に瞬太君がとんできて、いらっしゃいって元気よく出迎えてくれると、いつも僕はほっとするんだ。掃除もお茶だしも一所懸命やってる姿が気持ちいいよ」

「本当に⁉」

　瞬太はぱっと顔を輝かせた。

「おれも自分で、事務とかよりも接客業の方がむいてる気がするんだ。そもそも机にむかうと五分後には寝ちゃうから、間違って採用されてもすぐにクビだけどね。あ、でも、飲食店はだめなんだよな。まえ上海亭で修業させてもらった時、オーダー覚えられなくてさんざんだった」

「けっこう具体的だね。高校を卒業したら就職するのかい？」

「うん。おれは勉強は大嫌いだから、大学や専門学校には行きたくないし、受けても受からない自信があるよ」

瞬太がきっぱり言い切ると、大学の名誉教授は苦笑した。

「祥明には、高校を卒業することだけを考えろ、って言われてるから、就職活動とか全然してないんだけど。他にも母親のこととか、どうしたらいいんだかわからないことばっかりでさ……。おれ、もともと考えごとって苦手だし」

瞬太は、自分の頰を両手ではさみ、パンパン、と、軽くたたく。

「だめだな、おれ、迷ってばっかりで！　あーあ、じいちゃんくらい頭がいいと、迷うことって何もないんだろうな」

「そんなことはないよ。たとえば、今は、心臓にペースメーカーを入れる手術を受けるかどうかで迷ってる」

柊一郎は右手の親指で自分の胸の中心をさした。

「えっ、心臓の手術⁉　危険なの⁉」

瞬太は真っ青になって身を乗りだす。

「いや、全然。僕のような高齢者でも、たいしたリスクはないらしい」

柊一郎はあっけらかんと答えた。

瞬太はほっとして、椅子の背もたれに身体をあずける。

「じゃあどうして迷ってるの？　やっぱり怖いの？　それともすごく痛いの？」

瞬太の問いに、柊一郎は肩をすくめた。

「うーん、面倒臭いんだよね」

「め……!?」

「うん。医者や家族は手術しろってうるさいんだけど、僕はもう充分長生きしたからね、手術してまで延命しないでもいいんじゃないかと思うんだよ」

「えー……」

どうしても手術が怖くて嫌だというのならともかく、面倒臭いから迷ってるって、何だそりゃ、と、瞬太は心の中でため息をついた。

いや、一人、何もかも面倒臭がる男に心当たりがある。

安倍祥明、柊一郎の孫だ。

「さすが祥明のじいちゃんだな……」

瞬太は返答に窮して、耳の裏をかいた。

十四

特訓ざんまいの六日間がすぎ、再び日曜日がめぐってきた。

瞬太は決死の覚悟で、いつもより五分早くおきる。

制服姿の瞬太が、玄関で、うつらうつらしながら通学用の黒い革靴をはいていると、背後から声をかけられた。

「あれ、瞬太君、今日は日曜日なのに学校へ行くの？　部活？」

振り返ると、また気仙沼からでてきた伸一が、少し眠そうな顔で立っている。

昨夜もみどりの監督のもと、赤ちゃんをお風呂に入れたり、ミルクをあげたり、ひたすら抱っこであやしたりしていたから、ほとんど寝られなかったのだろう。

「文化祭なんだ」

「ああ」

「飛鳥祭は毎年楽しいわよね。本当は今年も行きたいんだけど」

二人の声を聞きつけて、玄関に顔をだしたのはみどりである。

「来ないで！　高校三年にもなって親が二人そろって文化祭に来るとか、すごく恥ずかしいから、絶対にやめて！　小学校の入学式じゃないんだから」

瞬太は急いでみどりに言う。

吾郎は今年もＰＴＡの休憩コーナーを手伝うことになっているので、せめてみどりには来ないでほしい。

両親のことは好きだし感謝しているが、それとこれとは別である。

何より、みどりと吾郎を見て、三井が少し寂しそうな目をするのがつらい。三井の親は二人ともマイペースな放任主義で、学校行事には顔を出さないのだ。

瞬太の態度に、みどりは肩をすくめた。

「安心して。今年は赤ちゃんのお世話があるから行きません」

「ならいいけど」

瞬太はほっとすると、童水干を入れた大きな紙袋を抱えて、家をでた。

高校生活最後の文化祭は、朝から汗ばむくらいの快晴だった。湿気をはらんだ熱風が、人のいない校庭をふきぬけていく。

瞬太にとっては事実上、今日が文化祭初日であり最終日でもある。

正確には昨日が文化祭一日目で、二年生たちの演劇コンクールがあったのだが、熟睡しているうちに終わってしまったのだ。

朝のホームルームが終わるやいなや、瞬太たちは新聞部に割り当てられた教室に移動した。

瞬太が童水干に着替えている間に、高坂たちは机を移動して、ハンドマッサージ付き手相占いのコーナーを設営する。

「よし、こんなものか」

岡島は両手を腰にあて、うむうむ、と、うなずいた。

「なんだか地味じゃないか？」

江本は鼻の脇をポリポリかきながら、首をかしげる。

なにせ黒板の前に机を二台並べて、黒い布をかけただけだ。時間がなかったので、ポスターの用意もない。

一応、待ち行列ができた時にそなえ、壁際に椅子が五脚並べてある。

「ふむ」

高坂は白いチョークを握ると、黒板に「恒例、陰陽屋仕込みの手相占い☆今年はハンドマッサージのサービスつき」と書いた。

「これでどうかな？」

「う、うん」

瞬太はうなずく。

やっぱり地味だが、これ以上どうしようもない。

「地味だな」

岡島はきっぱり言った。

「だがそれでいい。派手でも地味でも、おれたちはハンドマッサージに全身全霊をかたむけるだけだ」

すぐ近くで白井たちが展示の最後の仕上げをしているので、言葉を選んでいるが、要するに、女子の手さえ握れれば、飾り付けなどあってもなくてもどうでもいい、と言いたいのだ。

「岡島の言うとおりだな」

江本も大きくうなずく。

「そろそろ九時か。予定通り、午前中は岡島と江本で頼む。十二時になったら僕と沢崎が交代するから」

高坂に言われ、岡島と江本は席についてスタンバイした。

「おれは今年も廊下で客寄せするね」

瞬太は教室の入り口の引き戸をカラリとあける。

「た……頼む……」

やつれた男子たちが三人、廊下に立っていた。開店を待ち構えていたらしい。

みな、片手で自分の肩やら二の腕やらを押さえている。グシャグシャの髪の毛。充血した目の下には、くっきりとしたどす黒いくま。

ゾンビ、もとい、パソコン部の男子たちだ。

「助けてくれ……！」

「手が……手が限界……もうタッチペンさわりたくない……」

「肩に鉛がのってるんだ……！」

男子たちはよろよろと瞬太にすがりついてきた。

かなりの寝不足なのだろう。もちろん風呂に入る時間もなかったらしく、汗臭い。

「もしかして学校で徹夜したの？」

一人の男子が、鼻からずりおちかけた眼鏡を押さえ、首を横にふる。

「いや、九時に学校を追い出されたから、家のパソコンで作業を続けて、また朝六時に学校に集合したんだ」

「六時！」

瞬太は愕然とした。

すごすぎる。

なぜそうまでしてアニメを作るんだ。

仕事ならともかく、文化祭の無料公開作品なのに。

自分もこの一週間、かなり頑張ったつもりだが、このゾンビたちは、もう何週間もこの調子なのだろう。

こいつら、実は勇者なのか？

「ちょっと待って。一度に二人しかマッサージできないから……」

順番に並ばせようとする瞬太を無視して、三人は教室になだれこんだ。

「何だこれ……？　暴露記事か!?」

先頭の男子が、呆然として立ちすくむ。

今年のテーマは「文化祭と文化部」で、美術部、陶芸部、演劇部、軽音楽部などの各文化部の企画紹介が壁新聞風にはりだされている。

その中で異彩をはなっていたのが、「無謀にもアニメ製作に初挑戦！」と題したパソコン部と漫研のコラボ企画についての記事だ。

最後の一行は「トラブルにつぐトラブル。はたして文化祭に間に合うのか!?　第一回上映は午前十時から！」で締めくくられていた。

文末の署名は高坂史尋になっている。

「いつのまにこんな取材を……」

二人目も、うろたえて目をきょろきょろ泳がせている。

「前日になってもラストシーンの音楽が決まらずもめていただなんて、なんで知ってるんだ!?　さてはスパイをおくりこんでたな！　卑怯(ひきょう)だぞ、高坂！」

左肩をおさえながら教室にころがりこんできて、憤然として抗議したのは、四人目のゾンビ、浅田だ。

「スパイなんて必要ないよ。君たち、マッサージの間、いつも自分からすすんで話してくれてたからね」

「たしかに忙しいとは言ったかもしれないが、作業内容までは話してないぞ」

毎日やれ忙しい、大変だとさんざんアピールしておきながら、しれっと「かもしれない」と言えるところが浅田である。

「そう？　トラブル内容もダダ漏れだったけど」

「えっ……!?」

パソコン部の部員たちの視線が浅田に集中した。

「浅田、おまえ……」

「そ、そんなはずは……」

いやいや、と、浅田は手をふって否定するが、時すでに遅しである。

くっ、と、浅田は奥歯をかむと、悪い顔になって開き直った。

「みんなだって、がんがん愚痴(ぐち)ってただろ！」

浅田に逆襲され、三人は一斉に目をそらす。

心当たりがあるらしい。

「まあ、多少は……。肩使いすぎだとか、疲れ目に心当たりがないかとかきかれると、つい……」

三番目のゾンビがごにょごにょと言いかけたが、途中で手の痛みがぶり返したらしく、顔をしかめた。

「もう何でもいいや！　とにかく手をほぐしてくれ！」

「今日は手相占いがメインだけどいいの？」

高坂の確認に、全員がしぶしぶうなずく。

「何でもいいから早くしろ」

殺気立つパソコン部員たちのために机を二台増設し、四人でマッサージをおこなうことにした。これ以上さわがれたら、それこそ展示企画の邪魔になってしまう。

実際、白井が両手を腰にあて、今にも爆発しそうな目つきでこちらをにらんでいるのだ。

「なんで男子ばっかりなんだ。漫研の女子たちはどうした」

岡島は不満顔だが、来ないものは仕方がない。

「えっと、何か占ってほしいことはある？」

肩に鉛がのっているという男子の手をほぐしながら瞬太は尋ねた。

手相占いの練習は何度もしたが、いよいよ本番当日なので、内心はどきどきである。落ち着け、わからなくなったら、自分の右のてのひらを見ればいいのだ。いや、左手だったっけ?

「手相占いだっけ?」

「うん。健康とか、恋愛とか、な、何でもいいよ」

「何がいいか……ちょっと待ってくれ……」

「うん」

手もそうとう疲れているようだ。

まず肩こりのツボがある小指のつけ根の外側をじっくりほぐして、それから頸椎、尾骨、坐骨のツボを順番にほぐしていく。毎日パソコン部の肩こり男子たちで練習してきたので、さすがの瞬太も、このルートだけは覚えている。

瞬太は丁寧にマッサージをしながら、手を観察した。

てのひらはわりと薄く、指が長い。一番長いのは中指で、女性的な形の手だ。感情線と生命線に特徴がある。

これなら健康についてきかれても、勉強についてきかれても、答えやすそうだ。でも、恋愛はちょっと答えにくいかもしれない。

「何を占うか決まった？」

ドキドキしながら瞬太が顔をあげると、勇者は目を閉じ、気持ちよさそうに眠っていたのであった。

十五

午前九時五十五分。

パソコン部の男子たちの波がようやくとぎれたのを機に、瞬太と高坂は、アニメが上映される視聴覚室へ行ってみることにした。

黒いカーテンをおろした広い教室は、ほぼ満席である。新聞部が作成した校内新聞の文化祭特別号外を持っている生徒も多い。

「間に合うと思う？」

「トラブル続きだったみたいだし、かなり厳しいんじゃないのかな」

「来年に続く、で終わっちゃったりして」

客席の生徒たちはみな、製作が間に合うかどうかを見届けるために、いや、むしろ間に合わないのを期待しているふしもある。

後方の席は卒業生や保護者など、大人の姿が多い。

一番後ろの列に、柊一郎がひっそりと腰をおろしているのが見えた。生成り(きなり)の開襟(かいきん)シャツ姿だ。

「じいちゃん！」

瞬太に気がつくと、柊一郎も右手をあげて、いつものようににこにこ微笑む。

「このまえより顔色良くなったね！　祥明も来てるの？」

「いや、優貴子(ゆきこ)がまたこの学校にあらわれて文化祭の邪魔をするといけないから、今日は陰陽屋から一歩もでないそうだよ」

「そういえばそんなこともあったなぁ」

瞬太はため息をつく。

祥明の母、優貴子の情報収集力は、人知をこえたレベルである。

柊一郎の隣に瞬太が腰をおろすと、ほどなく室内の照明がおとされ、予定より五分遅れでアニメの上映が開始された。

内容は以前、浅田が暴露していたように、安倍晴明と賀茂保憲と藤原道長の三角関係あり、怨霊退治（おんりょうたいじ）ありの平安ファンタジーだ。

二十分ほどの短い作品だったが、それでもちゃんと絵が動き、ストーリーもあるアニメーションになっていた。

作品上映が終了し、教室内が明るくなると、一斉に拍手がおこる。

「完成おめでとう！」

「良かったね！」

観客の生徒たちからの賛辞に、アニメチームの女子たちが涙ぐみながら、最後列までかけよってきた。

よく見ると、女子たちも目の下にくまをつくっている。

「博士！　来てくれたんですね！」

女子たちは柊一郎を取りかこんだ。

「面白かったよ。よく頑張ったねぇ」

「ありがとうございます……！」

柊一郎がねぎらいの言葉をかけると、みんな嬉しそうにうなずく。

瞬太も柊一郎と話をしたいのだが、今日は口をはさむ隙がなさそうだ。

「新聞部があおってあげたおかげで、お客さんも好意的ね」

すっと音もなく近づいてきた遠藤が、瞬太の隣の高坂に、小声で耳打ちした。

「どういうこと？」

瞬太が尋ねると、高坂は遠藤にちらりと目配せをし、席を立つ。

二人が廊下にでたので、瞬太も後を追った。

「事前調査では、コラボアニメへの関心はあまり高くなかったんだ。もともとアニメを見ない層はもちろん、アニメ好きの生徒たちの間でも、素人の高校生がつくるものなんかたかがしれてるって、全然期待されてなかった。何の実績もないし、初めての試みだから仕方ないけどね」

「そうだったんだ」

ちなみにこの事前調査のために暗躍したのは、遠藤である。

新聞部がアニメ企画を内々に取材していることをパソコン部にさとられないために、すべての文化部の企画に対する期待度アンケートの中に、さりげなくまぎれこませたのだという。

「陰陽屋の店長さんから、手相占いを教える交換条件として、アニメが成功するよう宣伝してやってくれって頼まれたんだけど、新聞部としては見てもいないアニメを最高傑作だなんてもちあげるわけにもいかないし困ったよ」

もちろん祥明は、祖父がわざわざ外出許可をとってまで文化祭に来ると聞いて、そんな交換条件をだしたのだろう。

「それで、はたしてアニメは間に合うのか、って、みんなが見に行きたくなるような記事を書いたのか。さすが委員長」

「心配してくれる白井さんと奈々の気持ちはありがたいけど、やっぱり僕も、記事を書きたかったしね」

「ちゃんと寝たの？」

遠藤の質問に、高坂はさわやかに笑っただけだった。

ここにも勇者がいたのである。

遠藤は、やっぱり、と、肩をすくめると、ポケットから携帯電話をとりだした。

「思った通りよ。暴露記事を書かれたなんて怒りの書き込みを浅田がしたせいで、SNSではちょっとした祭りになってるわ。相乗効果で、新聞部の企画を直接見に来る人も増えてるみたい」

「そうか、ありがとう」

高坂は満足げである。

「何もかも委員長の計算通りってこと？」

「アニメを完成にこぎつけたパソコン部と漫研の頑張りだよ。僕たちも手相占いとハンドマッサージ頑張ろう」

うん、と、瞬太は大きくうなずいた。

「店番に戻るまで、まだ一時間以上あるから、沢崎は他の教室もひとまわりしてくるといいよ」

「えっ、委員長は？」

「僕はちょっと用があるから」

ひきとめる間もなく高坂は行ってしまった。もちろん遠藤の姿も消えている。

仕方がないので、瞬太は一人で陶芸室にむかった。

三井にふられて一年以上たつのに、のこのこ陶芸部を見に行ったりして、しつこいやつ、とか思われないだろうか。委員長が一緒だったら、取材だと言いわけできたのに。

　そうだ、全部の教室をまわっていることにしよう、と、途中の教室をのぞきながら陶芸室に行ったら、二十分近くかかってしまった。だが、「三井先輩なら体育館に行ってますよ」と、陶芸部の二年生にあっさり言われ、瞬太の偽装工作は徒労に終わってしまう。

　気をとり直して、体育館にむかった。

　ちょうど演劇の上演中で、客席は大混雑だ。とても三井を見つけられそうにない。演目は定番中の定番『ロミオとジュリエット』で、ジュリエットを瞬太のクラスメイトである青柳恵が演じている。

　つややかな黒髪の青柳は、スポットライトをあびて美しく可憐に輝き、観客席からは何度もため息がもれた。

　そういえば青柳も、女優志望だから、大根という名字の伯母の養子になるのはためらわれる、と、陰陽屋に名前相談に来たことがあった。

　もしかしたら、いや、きっと、青柳は女優になるんだろうな。

　青柳のまぶしい笑顔に、瞬太は目を細めた。

吾郎がいるＰＴＡの休憩所でパンとジュースをもらい、十二時ちょうどに新聞部の教室に戻ると、遠藤が言っていた通り、展示の前には二十人以上が並んでいた。混雑とまではいかないが、文化部の中でもかなり地味な新聞部としては、大健闘と言えるだろう。

もちろん、一番人がたかっているのは、コラボアニメ企画を取材した高坂の記事だ。

「このアニメってどうなったの？」

「間に合ったらしいよ」

記事を読んだ女子たちが話しているところに、高坂が息を切らして戻ってきた。腕にはＡ４の紙のたばをかかえている。

「号外です！」

高坂は紙を一枚一枚、展示を見ている人たちに配りはじめた。

「沢崎も読む？」

高坂がくれた紙には、「号外！　アニメ大成功」のタイトルと、さきほどの上映会の様子を伝えた速報が掲載されている。

「えっ、これ、今書いたの？」

「実は昨日のうちに、成功と失敗の両方の記事を用意してあったんだ。ちょっと書き足して、百枚コピーしてきた」

「すごいな……」

本当に高坂は新聞が好きなんだな、と、瞬太は脱帽した。

瞬太も高坂の号外配布を手伝った後、岡島たちと交代して、手相占いの席についた。

午前中と違い、中高年の女性たちが多い。

みな、男子高校生に話せるようなレベルの悩み事はないらしく、占いはいいからとにかく肩をほぐして、と、言われてばかりだ。

ひたすら女性たちのてのひらをほぐしていて、じわじわと睡魔（すいま）がしのびよってきた昼下がり。

「お願いします」

瞬太の前に腰をおろし、机の上にきゃしゃで小さな右手をだしたのは、同じクラスの女子だった。シャンプーのいい匂いがふわりとひろがる。

「み、三井!?」

瞬太の眠気は一瞬にしてふっとんだ。

「あの、占いをお願いしたいんだけど、忙しいなら今日じゃなくても……」

「ううん、大丈夫だよ！　えっと、今年はサービスでハンドマッサージもしてるんだけど」

鼻血がたれてきたらどうしよう、と、心配しながらも、一応尋ねる。

「あたしは占いだけで大丈夫」

「そ、そっか」

瞬太はほっとしながらうなずいた。

「えーと、何を占おうか？」

恋愛と答えられたらどうしよう、と、緊張しながら瞬太は尋ねた。

恋愛線や結婚線をみて、祥明への恋がうまくいくとでても、いかないとでても、三井に告げるのはつらい。

「大学のことを占ってもらえるかな？　うちの親、二人とも体育会系だから、あたしが美大で陶芸の勉強をしたいって言ったら、すごく驚いちゃって……」

いつものシャンプーのいい匂いに加えて、手の爪の間から、かすかに泥の匂いがする。

陶芸部は今年、作品の展示販売だけでなく、泥こね体験コーナーを設置しているのだ。

「大反対されてるの？」

「小反対くらいかな」

三井はちょっと困ったような顔で微笑んだ。

うっかり三井と目があってしまい、瞬太はあわてててのひらに視線をおとす。

「えっと、三井のてのひらの頭脳線、すごくくっきりしてるし、勉強自体はすごくうまくいくと思う」

「頭脳線ってどれだっけ？」

「この……」

瞬太は頭脳線を指さそうとして、てのひらにふれてしまい、はっとしてひっこめる。

「ふうん、この線が頭脳線なんだ」

「お父さん、お母さんのことまで読みとるほど、おれ、手相の勉強してないけど、でも、本気で説得すれば大丈夫だよ、きっと」

「ありがとう。安心した」

三井の唇から花のような笑みがこぼれた。

十六

後夜祭のライブがすべて終了したあと、校舎をでると、空には星がぽつりぽつりと輝いていた。

髪に残るファイヤーストームの余韻にひたりながら、瞬太は陰陽屋へむかう。定休日だが、童水干だけ返しに寄ろうと思ったのだ。

王子稲荷神社にさしかかったあたりで、陰陽屋へおりる階段の前でうろうろしている人影を見つける。

「伸一君？　どうしたの？」

「あっ、瞬太君、待ってたんだ。どうも一人では入りにくくて……」

陰陽屋のことを瑠海から聞いて興味がわいたのだが、階段をおりる勇気がでなくて、瞬太を待っていたのだという。

「もしかして祥明に占ってほしいことがあるの？」

伸一は一瞬迷った後、こくりとうなずいた。

早くも育児ブルーで、将来に迷っているのだろうか。

ひょっとして、結婚したくないと思いはじめた、とか……？

「おれについてきて」

日曜は休業日なのだが、そんなことを言っている場合ではない。

瞬太は階段をかけおりると、黒いドアをあけた。

「おーい、祥明。いるんだろ？　寝てるのか？」

薄暗い店内を横切り、休憩室へむかうと、いつものように祥明はベッドでごろごろしながら本を読んでいた。

「文化祭は終わったのか？」

「うん。伸一君が来てるんだけど。伸一君、こっちこっち」

瞬太が大声でよぶと、伸一はおそるおそる休憩室へ足を踏み入れた。

見たこともないような長い髪と端整な顔立ち、てらてらしたホスト服の男がベッドに寝そべっているのを見て、伸一はぎょっとする。

「ばばっ！」

「ばば？」

祥明は首をかしげるが、瞬太は無視して話を続けた。

「瑠海ちゃんの婚約者の伸一君だよ。病院に伸一君が来た時、祥明はもう帰った後だったっけ？」

「ああ、君が伸一君か。はじめまして」

祥明は身体をおこすと、にっこりと営業スマイルでうなずく。

「早くもキツネ君とわかりあったのか？　同い年で、タイプも似ているから、すぐ仲良くなるだろうとは思っていたが」

「似てる……？」

祥明の言葉に、二人は顔を見合わせた。

「いや、自分は瞬太君みたいに東京で生まれ育ったおしゃれな高校生とは全然違います」

「伸一君はおれより十倍は真面目だし、勉強もスポーツもできるんだよ」

「そんな、学校の成績は普通だから」

「授業中、居眠りしたことある？」

「ないことはないけど」

「ほらね。……あれ？」

二人の熱弁に、祥明はプッとふきだした。

「結論は一致しているじゃないか。何より君たちは逃げ仲間だし」

「逃げ仲間……」

耳慣れぬ言葉に、伸一はとまどい、瞬太はうろたえる。

「逃げだしたことが一度もないとは言わせないぞ。おれは両方に巻き込まれてひどい目にあったからな」

祥明の指摘に、伸一はうなだれた。

「結婚や子供が怖くなって、逃げだした時のことですね……」

伸一は牡蠣（かき）小屋で夜明かししたものの、次の朝には見つかってしまい、あっさり連れ戻されたのである。

それを聞いて荒れまくった瑠海をなだめたのは、祥明だった。

「実はおれも、いろいろあって、夏休みの間ずっと京都に逃げてたんだ……」

瞬太の告白に、伸一は驚いて目をむく。

「夏休みの間ずっと⁉　しかもそんな遠くまで逃げただなんて、すごいじゃないか！」

「いや、それほどでも」

まさかほめられるとは思わず、瞬太は照れて、耳の裏をかいた。

「でも逃げ仲間って言っても、伸一君は今はしっかりパパ修業がんばってるし、おれとは全然違うよ」

瞬太の言葉に、伸一はいぶかしげな顔をする。

「瞬太君はまだ何か逃げてるの？」

「うん、まあ、就職とか、いろんなことから。今は高校を卒業すること以外は考えるなって祥明からも言われてるし」

「そうなんですか？」

伸一は祥明に確認した。

「逃げとは違うな。優先順位をつけたんだ」

「へ？」

瞬太は首をかしげる。

「他の問題は、一ヶ月や二ヶ月先延ばしにしてもかまわないが、卒業問題はそうはいかない。まずは卒業のめどを立ててから他のことを考えろと言ったんだ」

「たしかに卒業の見込みがないのに就職活動をしても無駄ですからね」

「逃げてたんじゃなかったのか……」

瞬太はなんだか肩の荷がおりたような、肩すかしをくらったような、複雑な心境になった。

「ところで伸一君は何か祥明に占ってもらいたいことがあるんだよね？」

「あ、その、赤ちゃんの名前を鑑定してもらいたくて」

「ああ、名前か」

瑠海との結婚をやめたいという相談ではなくてよかった、と、瞬太はほっとする。

「まだ決まってないのか。もう十四日をすぎてるだろう？」

祥明はあきれ顔だ。

「はい。一日も早く名前を決めて、出生届をださないといけないんですが、どうにも瑠海ちゃんと意見があわなくて、困ってるんです。うちの親とあちらの親もいろいろ名前を考えてくれたんですが、かえって迷うばかりで。このままだと、名前を空欄のままま出生届をだすしかなさそうです」

「初孫にありがちな状況だな」

やれやれ、と、祥明は扇をひろげ、肩をすくめた。

「見た目が格好良くて、響きも美しくて、親の願いもこめられていて、あるいは親の名前から一文字とりたいとか、さらには画数も完璧な吉数で、なんてあれこれ欲張ると決まらないんだ」

「まさにそんな感じです……」

伸一は暗い顔で、がっくりとうなだれる。

「君たちも、優先順位を二つくらいにしぼることだな。最優先すべきは見た目か、画数か、あるいは願いか。そうすればおのずと名前もしぼられてくるはずだ。もし願いを優先するなら、画数を数えるよりも、漢和辞典で文字の由来を調べた方がいい」

「ありがとうございます。瑠海ちゃんと考えます」

伸一は深々と頭をさげた。

十七

　その日の夜中。

　赤ちゃんの泣き声がなかなかやまないので、瞬太が一階におりてみると、今日は伸一がソファで哺乳瓶を持ったままうたた寝していた。

　さすがに限界なのだろう。

「よしよし、どうした？」

　瞬太は赤ちゃんをそっと抱き上げる。

　気配を感じたのか、はっとしたように伸一が目をさました。

「あ、ごめん、瞬太君が抱っこしてくれてたんだ」

「瞬太でいいよ」

「じゃあおれも伸一で」

　祥明に逃げ仲間認定されたせいか、それまで何となく打ち解けにくかった二人の距離がいっきに近くなった気がする。

妙な連帯感が生じたと言っても、過言ではない。

「名前決まりそう？」

「瑠海ちゃんと話し合って、だいぶしぼりこんだよ。見た目や響きの優先順位はさげた。祥明さんが頼りになるとは聞いてたけど、本当だね」

「命名相談はよくあるらしいからね。慣れてるんだ」

瞬太は、はい、と、赤ちゃんを伸一にわたした。みどりの特訓の成果か、伸一は先週よりだいぶ抱っこに慣れたようだ。

「伸一はいいなぁ。もうすぐ好きな女の子と結婚できるし、こんなにかわいい赤ちゃんまで生まれて。すっごくうらやましいよ」

「は？　それ皮肉？」

瞬太の言葉に伸一は顔をしかめた。

「皮肉？　何が？」

瞬太はきょとんとする。

「……本気なのか」

「本気だよ。おれ、中学の時からずっと好きな娘(こ)がいたんだけど、去年の夏、ふられちゃったんだ。他に好きな人がいるから、って。でもなかなか忘れられなくて……」

「……それはつらいな」

「うん。だから伸一には、おれのぶんも幸せになってほしい。なんて言わないでも、もうなってるか」

　瞬太が言うと、伸一は大きく目を見開き、しばし言葉をなくしたようだった。

「おれ、父親になったんだから、しっかりしなきゃ、頑張らなきゃってそればっかり思ってて、自分が幸せかどうかなんて考えたこともなかった。でも、そうか、おれって、幸せなのか……」

「伸一⁉」

　伸一の目からぽろりと涙が一筋こぼれおちて、瞬太は驚く。

「何でもない。ありがとう」

　瑠海の前では絶対に言えないことだが、実は伸一は伸一で、補習や文化祭でてんやわんやの瞬太がうらやましかったのだという。

「瞬太って、おれがもう戻ることはできない普通の高校生そのものだから……卒業が危ないことすらうらやましかったよ」

「えっ、本当に⁉」

「こういうの、隣の芝生は青いって言うらしいね」

「あー、そうかも」

二人は思わず、苦笑いをうかべた。

「ところで伸一、おれ、まえからすごく気になってたことがあって……。聞いてもいいかな？」

「ん……？」

「伸一と瑠海ちゃんって、ど、どうしてその、つきあいはじめたのかなって。同じ高校の同級生っていうのは聞いてるんだけど、きっかけっていうか、なれそめっていうか、瑠海ちゃんには聞きづらくて。でも伸一になら聞いてもいいよね？　伸一……？あ……」

ふと見ると、気がゆるんだのか眠気がぶり返したのか、ここでも勇者が赤ちゃんを抱いたまま眠りこんでいたのであった。


翌朝。

「やっと名前が決まりました！」

朝食の席で、伸一はおもむろに立ち上がり、しゃちほこばった顔で表明した。

例の育児ノートに、見開きいっぱいの字で、「大」と書かれている。

「あら、いいじゃない。まさる？　ひろし？」

「シンプルに、だいにすることにしたわ。見ての通り小さく生まれたけど、すくすくと大きな男に育ってほしいと思って」

みどりの問いに答えたのは瑠海だ。

予定日より一ヶ月近く早く生まれたため、体重二六〇〇グラムと、やや小さめだったのを瑠海は気にしていたのだろう。

「体も心も大きな人に育ってくれっていう願いがストレートに伝わる、良い名前だな」

吾郎もトースト片手にうなずく。

その日、瑠海と伸一は連れだって、沢崎家から徒歩数分の場所にある北区役所まで出生届をだしに行ったのであった。

十八

ようやく暑さも一段落した九月下旬。

瞬太が階段でほうきを動かしていると、半月ほど前に、赤ちゃんの名前の相談にきた夫婦が、陰陽屋めざしてゆっくりと商店街を歩いてくるのが見えた。

一段とお腹が大きくなった奥さんが陰陽屋の急な階段をおりるのは危険なので、上海亭のテーブルをかりて、四人でかこむ。

上海亭のおかみさんである金井江美子(かないえみこ)がだしてくれた麦茶を一口飲むと、夫が口を開いた。

「二人で選びに選んで、ひらがなでりさ、がいいんじゃないかっていうことになったんですが、龍賀崎りさだと総格が凶になってしまうんです」

祥明に厳しく言われた通り少ない画数を最優先にし、その中から響きが華やかで、かわいくて、英語名にも使える名前を選んだのだという。

「画数以外は完璧なんですが、やっぱり凶になる名前はやめた方がいいですか？」

「大丈夫ですよ。人格が大吉、地格が吉、外格も大吉。たしかに総格は凶ですが、総格が運勢に影響をおよぼすとされるのは晩年ですから、すぐにどうこうということはありません。どうしても画数が気になるようなら、八十歳までに結婚して名字をかえるよう、りさちゃんに言ってください」

「八十歳！」

龍賀崎夫妻は破顔した。

「八十歳ですか、いいですね」

「素敵です」

よほどツボにはいったのか、二人はけらけら笑い転げる。

祥明に太鼓判を押してもらった二人は、ようやく安心したようで、安産祈願の護符を買って帰っていった。

「なんとか無難なところに着地したな。やれやれだ」

祥明もほっとした様子である。

「祥明、おまえ、本気で子供の身になって心配してやってたんだな」

正直ちょっと、いや、かなり意外だな、と、瞬太は思った。

「考えてもみろ。十年後、いや、もっと早く、龍賀崎貴麗爛あるいは龍賀崎樹璃杏は、自分の名前が難しすぎて書けないと親に文句を言うようになるだろう」

「そうかもな」

「その時、あの両親が、おまえの名前をどうするか迷って、陰陽屋で相談して決めてもらったって言うかもしれない。いや、言うに違いない。まるでおれが考えた名前であるかのごとく」

祥明はいまいましげに顔をしかめる。

「え……」

「そして貴麗爛はうちの店に怒鳴り込んでくるだろう」

「……つまり、おまえは自分のためにシンプルな名前をつけさせたのか?」

「いいじゃないか。りさ、かわいいし、外国でもそのまま通用する名前だ」

祥明は満足げにうなずいたのであった。

その夜は、みどりがさっさと日勤から帰ってきてくれたので、沢崎家は平和だった。

「いっぱいお乳飲みましたね～。ねんねする前にゲップしましょうか～」

みどりは慣れた手つきで、赤ちゃんの背中を優しくとんとんとんたたく。

「あのさ、母さん、聞いてもいいかな？」

「なあに？」

「おれの瞬太っていう名前は、母さんがつけたの？」

「あら、ちゃんと父さんと一緒に考えたのよ」

「やっぱり、いつ実の親が引き取りにくるかわからない、一瞬だけの子供っていう意味なんだよね？」

「残念、違います」

　みどりは笑う。

「この一瞬、一瞬の幸せを大切に生きよう、っていう名前よ」

「えっ、そうなの……!?」

　瞬太は驚いて、口を半開きにした。

　ずっと自分は、王子稲荷の境内で拾われた、一瞬だけの子供かもしれないから、瞬太なのだと思っていた。

　違ったのか。

「でもね、大ちゃん、このお兄ちゃんは、一日中ぐうぐう寝てばかりで、ちっとも時間を大切にしてないのよ。親の心子知らずってこういうことかしらね～」

みどりはいたずらっぽい笑みをうかべると、赤ちゃんにむかって話す。

「ちょ、母さん、変なこと大ちゃんにふきこまないでよ！」

「本当だもんね～」

顔を赤らめて抗議する瞬太をよそに、みどりはご機嫌なのであった。


九月最後の土曜日は、さわやかな秋晴れだった。

どこかの庭で咲きはじめたキンモクセイの甘い香りを、涼しい風がはこんでくる。

瞬太が階段でほうきを動かしていると、瑠海と伸一、そして吾郎の姿が目にはいった。

「今、王子稲荷にお参りしてきた。みどり叔母ちゃんに絶対行けって言われたから」

瑠海はスリングに入れてかかえた大ちゃんをあやしながら言う。

「そうか、今日、気仙沼に帰るんだっけ。上野まで見送りに行こうか？」

「瞬太は仕事だろう？　父さんが行くから大丈夫だよ」

「うん……」

吾郎に言われて、瞬太はしぶしぶうなずいた。

ちなみにみどりは、駅で大泣きすると恥ずかしいから、と、あえて今日は日勤を入れたのである。

ふと見ると、瑠海の隣の伸一があきれ顔をしている。

「瞬太がバイト中、狐の恰好をしてるっていうのは聞いてたから、着ぐるみにでも入ってるのかと思ったら、ずいぶんかわいい耳をつけてるんだな。秋葉原とかで売ってるやつ？」

「うん、そんな感じ」

「やっぱりそうか。よくできてるよ」

しきりに伸一に感心され、瞬太は笑うしかない。

「それでね、陰陽屋の店長さんにも挨拶したいんだけど。いろいろお世話になったし」

「いるよ。階段気をつけてね」

伸一はスポーツバッグを斜めがけにした上、両手に大荷物をさげている。気仙沼までは長旅になるので、紙おむつだけでもけっこうな枚数を持ち歩いているのだろう。

「荷物を一個持とうか？」

「ありがとう、でも、これはおれの荷物だから」

瞬太の申し出を、伸一は丁重に、だがきっぱりと断った。

「父さんも持つって言ったんだけどね」

吾郎が苦笑する。

瞬太はほうきを持ったまま階段をかけおり、黒いドアをあけた。

「いらっしゃいませ」

「えっ」

白い狩衣姿の祥明をはじめて目のあたりにして、伸一はあっけにとられて、立ちすくんだ。

瑠海が祥明に挨拶をしている隣で、ずっと目をしばたたいている。

ホスト服との落差が激しすぎたのだろう。

おれの童水干姿を見た時とはずいぶん反応が違うな、と、瞬太は内心、少しばかりくやしがった。

「ところで店長さん、最後に占いをお願いできますか？」

「もちろん大歓迎です。何を占いましょうか？」

瑠海の頼みに、祥明は極上の営業スマイルで答える。

「この子は幸せになれますか？　誕生日は八月二十……」

「知っています」

祥明はテーブル席にだしたままになっている式盤をからりとまわした。

いつもは式盤をまわす前には、古代中国から伝来した由緒ある占いの道具で、などのうんちくを述べるのだが、今日は新幹線の時間を気にしたのか、すべて省略である。

「初伝は勾陳、中伝は玄武、末伝は青龍。人生の序盤は波乱続きですが、中盤で落ち着き、幸せな後半生をおくるでしょう」

「よかった……！」

瑠海はほっとした顔で、伸一の方をむいてうなずく。

「育児をがんばりすぎる必要はありません。この子は幸せを約束された子です。肩の力を抜いて」

「ありがとうございます……！」

二人は深々と頭をさげた。

不安や迷いでいっぱいだったはずの瑠海と伸一の顔が、すっかり明るく晴れている。

祥明のこういう所には本当にかなわないな、と、瞬太は舌をまかずにはいられない。

そろそろ時間だね、と、吾郎が言うので、瞬太と祥明は階段の上で、一行を見送ることにした。

「大ちゃんがうちからいなくなると、寂しくなるな……」

瞬太は小さな手をそっとつまんで、またね、と、おわかれの握手をする。

「あら、あたしはいいの？」

「えっ、いや、そういうわけじゃ」

瞬太があわてて否定すると、瑠海と伸一はぷっとふきだした。

「今度は瞬太が気仙沼に遊びに来いよ」

「メカカマの唐揚げの作り方、ばっぱにきいとくから」

「うん、ありがとう」

気仙沼に帰る三人の後ろ姿にむかって、瞬太は大きく手をふる。

王子中央病院で大ちゃんのうぶ声を聞いたあの夜から、長いような短いような、てんやわんやの一ヶ月だった。

「おれの誕生日、呉羽さんに聞いたらわかるのかな……」

店にもどる階段をおりながら瞬太はつぶやく。

「そりゃわかるだろう。おまえも運勢を占ってほしいのか？」

「いや、別にいいんだけど」

今までは誕生日がわからなかったので、テレビの誕生月による運勢コーナーも、雑誌の四柱推命も、十二星座の相性占いも、さらには干支すらも一度も気にしたことがなかったのだが、今は知ることができるのだ。

ちょっと嬉しくなった瞬太であった。

陰陽屋千客万来

一

ようやく陽射しがやわらぎ、吾郎の手作り弁当をぶどうや梨、みかんなどの秋の果物がいろどるようになった十月。

九月いっぱいで補習が終了したため、瞬太は四時すぎには陰陽屋にでられるようになった。

夏休み中に受けるはずだった補習時間は一応クリアしたし、先生たちも、いつまでも瞬太一人をかまっていられないのだろう。

「もしも赤点が三科目をこえたら卒業は絶望になるから、絶対に気を抜いちゃだめよ！　授業中の居眠りも厳禁だから」

などなど、山浦先生には厳しく言い渡されたが、補習がないだけで、気分的にはだいぶ楽になった。

「今日もまずは階段掃除をして、終わったら買い物に行こうかな。ティーバッグがそろそろなくなりそうだし」

瞬太が童水干(わらべすいかん)に着替えながらつぶやいていると、階段をおりる靴音が聞こえてきた。

男ばかり三人分だ。

「あれ、この靴音は……」

瞬太は三角の耳をピンとたてると、黄色い提灯(ちょうちん)を片手に、店の入り口まで急ぐ。

「やあ、沢崎(さわざき)。店長さんいるかな？」

予想通り、さっきまで教室で机を並べていた、高坂(こうさか)、江本(えもと)、岡島(おかじま)の三人が、ドアの前に立っていた。

「え、いるけど」

どうしたの、と、聞く前に、祥明(しょうめい)がのっそりと長身をあらわした。

「新聞部が三人そろって何の用だ」

「うちのクラスの男子たち、ほとんど店長さんに大学決めてもらったって評判なんだけど、おれの専門学校も決めてくれない？」

江本の頼みに、瞬太はびっくりした。

「そんな大事なこと、祥明に決めさせていいのか!?」

「聞くだけ聞いてみたっていいだろ。みかりんは、就職に有利な資格をとれる学校がいい、とか、まっとうなことしか言わないから、セカンドオピニオンがほしいんだよ。そもそも将来やりたい仕事とか特にないし、資格って言われてもさ」

「まあ、たしかにみかりんはいろいろ頼りないけど……」

だからと言って、わざわざひねったセカンドオピニオンを祥明に聞きに来ないでも、と、瞬太は思わないでもない。

祥明はあごをつまんで、江本の期待に満ちた顔をじろりと眺める。

「君は万年彼女募集中だったな。女の子にもてる職業についたらいい」

祥明の答えに、江本は一瞬だけ目を輝かせたが、すぐにうかない表情になった。

「無理だよ。おれ、モデルやホストになれる顔じゃないしさ」

「パティシエかショコラティエでどうだ？　確実に毎日、老若女子と会えるぞ」

モデルは顔じゃない、などとしらじらしい建前を言わないところが祥明である。

今度こそ江本は目を大きく見開き、さらに鼻の穴も大きくふくらませた。

祥明の言葉に心をつらぬかれたらしい。

「なるほど、その手があったか！　さすが店長さん、ありがとう」

江本は両手で祥明の手をぎゅっと握り、ぶんぶんと上下にふった。天啓を受けたかのような喜びっぷりである。

高坂と岡島も、なるほど、と、感心することしきりだ。

「店長さん、おれにもおすすめの大学選んでよ」

今度は岡島である。

「君はラーメン好きだったな」

「食べるのは好きだけど料理は嫌いなんだ。とはいえラーメンの評論本をだせるほどの文才もないし」

岡島の口ぶりからして、自分でもラーメン関係は検討してみて、あきらめたようだ。

「じゃあマーケティング関係か。家から通える範囲で、経営学部や商学部のある大学を片っ端(かたっぱし)から受けたらいい」

「経済学？　社員をいっぱいかかえている大手のチェーン店に就職しろってこと？」

岡島は微妙な表情である。期待したほど画期的な答えではなかったらしい。

「それでもいいし、経営コンサルタントになってラーメン店を助けるとか、マーケティングリサーチの会社に就職するとか、商社で食材を調達したり、海外展開をサポートしたり、アプローチの仕方はいくらでもあるだろう。経費で堂々とラーメンを食べ歩けるぞ」

「経費でラーメン！」

岡島は雷にうたれたように、全身をふるわせた。

「会社のお金でラーメンの食べ歩きができるってことか……大人ってすごいな……！」

岡島の小さな目が、がぜんギラギラ輝きはじめる。

「祥明、おれにもセカンドなんちゃらをくれよ！　おれは何の仕事がむいてると思う⁉」

思わず瞬太も身をのりだした。

「何度言えばわかる。おまえはまず卒業することに専念しろ」

「そうだった……卒業、できるかな……」

瞬太はがっくりと肩をおとす。

「大丈夫、実質、あと三ヶ月の辛抱だよ。三年生は一月の学年末試験の後は自宅学習になるから、補習どころか授業そのものがなくなるんだ」

高坂にはげまされて、瞬太は驚いた。

「三学期って授業ないの？」

「うん。泊まりがけで地方の大学を受けにいく人もいるし、授業はできないよ」

「そうなのか」

あと三ヶ月頑張れば、みんなと一緒に卒業できるかもしれない。

「おれ、なんだか頑張れる気がしてきたよ！」

瞬太の決意表明に、同級生たちは、うんうん、と、うなずく。

「あれ、そういえば委員長はどの大学受けるか決まってるの？」

「うん、うちから一時間以内で通える大学で、ジャーナリストになるための勉強ができるところって限られるから、迷う余地がないんだよ」

あとは学費がほどほどのところかな、と、家計への気配りも忘れない。

「委員長なら一人暮らしもできそうだけど？」

「妹と弟が心配だから、家を出るのはまだとうぶん先かな」

高坂はとことんお兄ちゃん体質なのであった。

二

三人が帰った後、瞬太はいつものように階段を掃きはじめた。

まだ五時だというのに、空には夕焼けが広がっている。あれほどうるさかった蝉の声ももう聞こえない。昼間はまだ汗ばむこともあるが、季節は着実に秋にうつりかわっているのだ。

ふさふさの尻尾をゆらしながら、せっせとほうきを動かしていると、王子駅の方角から、すごく嗅ぎ覚えのある香りがただよってきた。

瞬太は嗅覚を全開にする。

「このさわやかな大人の香りは……まさか……」

瞬太はドキドキしながら階段をかけあがり、香りのする方を確認した。

高そうなスーツを着た長身の男性が、商店街を歩いてくる。

「やあ、瞬太君、久しぶり」

男性は満面に笑みをうかべ、右手を肩の高さでふった。

山科春記。祥明の母の従弟にして、妖怪博士の通称をもつ学者である。

「久しぶり、春記さん……それから」

瞬太は春記のななめ後ろを歩いている青年を見た。

琥珀色の瞳に見覚えがある。

京都で春記の講演会のスタッフをしていた学生だ。伏見稲荷神社の山道で寝ていた瞬太をおこしてくれたのも、この青年だった。

今日は大きなキャリーバッグを引っ張っている。おそらく春記の荷物だ。

「こちら鈴村君。京都で会ったよね？」

「どうも」

瞬太はぺこりと頭をさげた。

「えっと、今日は祥明に用？」

言った後で、まず最初に京都から逃げ帰ったことを謝らないといけないんだった、と、思いだした。

何だかんだで一ヶ月以上泊めてもらったのに、引き止める春記を振り切って、東京に戻ってきてしまったのだ。

「それもあるけど、その前に」

春記は上着の内ポケットから封筒をとりだした。

「瞬太君、このまえうちに一万円札が送られてきたけど」

「うん。京都で貸してもらったから」

「あれはお小遣いだったんだから、返さないでもいいよ」

「でも……」

瞬太が両手でほうきを握りしめたまま、受け取ろうとしないでいると、春記は童水干の袖に封筒をすべりこませてきた。

「で、ヨシアキ君はお店かな？」

瞬太がぐずぐず言う暇もなく、春記はさっさと階段をおりていく。

鈴村も重そうなキャリーバッグを持ち上げて、後に続いた。

「春記さん、何か用ですか？」

祥明は春記を見るなり、表情を曇らせる。

「あいかわらず冷たいね。ハグのひとつもしてくれないのかい？」

春記が両腕をひろげると、祥明はさっと一歩後ろにさがった。

「ハグが嫌ならキスでもいいよ？」

「セクハラで訴えますよ」

　祥明が心底嫌そうな顔をすると、春記は楽しそうにくすくす笑う。

「実は母が美女コンテストのプラチナ部門で最終選考に残ってしまってね。僕と父も東京会場にはせ参じるよう言いつけられたんだ。要するに応援団兼荷物持ちさ。もちろんそれだけじゃなくて、ついでに仕事の打ち合わせとか、資料集めとか、しばらく滞在するつもりで鈴村君にも来てもらったんだけどね」

　鈴村はもの珍しげに、陰陽屋の店内を見回している。特に古書の陳列に興味があるようだ。

「あと、せっかく東京に来たんだから、柊一郎さんのお見舞いに行きたいんだけど、もう退院したの？」

「すっかり元気ですよ。国立の家で静養してますから、勝手に行ってください」

「一緒に行ってくれないんだ。本当に冷たいなぁ」

　春記は傷ついたと言わんばかりに、両手で自分の胸を押さえる。

「用件は以上ですか？　お疲れさまでした」

祥明はさっさと会話を打ち切った。

だがそこで素直に引きさがる春記ではない。

「鈴村君、何か気になるものはある？」

「祭壇があるんですね。せっかくなのでお母様の優勝祈願をしてもらってはどうでしょう？」

鈴村は店の隅にしつらえられている小さな祭壇を見上げた。家庭用の神棚に御幣をたしただけの、簡素な祭壇だ。

「それはいいね。頼むよ、ヨシアキ君」

「はあ？」

祥明は眉を片方つりあげる。

「祈禱してくれるんだろう？　お品書きにも書いてあったよ。客の頼みは断らないよね？」

「構いませんが」

祥明はしぶしぶ祭壇の前に立った。

短いバージョンの祭文をろうろうと唱えると、鈴村はもちろん、春記も、興味深そうな表情で見物する。

祥明が「急々如律令！」という決まり文句で優勝祈願をしめくくると、春記は「ブラボー！」と叫び、大きな拍手をおくった。

鈴村は「ブラボー」こそ言わなかったが、やはり拍手している。

祥明はむっつりした顔で、「三万円！」と春記にてのひらをさしだしたのであった。

三

ようやく春記と鈴村を店からおいだすと、祥明はうんざりした顔でテーブル席に腰をおろし、脚を組んだ。

「今日は厄日だな」

舌打ちすると、暑くもないのに、葡萄色の扇でパタパタと顔をあおぐ。

掃除が途中だったのを思い出し、瞬太はほうきを持って階段に戻ろうとした。

だが黒いドアをあけた途端、またも嗅ぎ覚えのある香りが駅の方からただよってきた。

春記とはまた違う、華やかな二つの香りが混じっている。

急いで階段をかけあがると、これまた予想通り、クラブドルチェのホストたちであった。

てらてらしたスーツに、派手なネクタイ、キラキラしたアクセサリー。

今日は全員ではなく、二人だけだが、森下通り商店街では十分異彩をはなち、目立ちまくっている。

「久しぶりだね、瞬太君」

瞬太に声をかけてきたのは、白スーツの燐である。現在のナンバーワンホストだ。

「ショウさんはいらっしゃいますか?」

かっちりととのえたオールバックの黒髪に黒縁眼鏡、そして黒スーツの執事風ホストの朔夜が尋ねた。

ショウというのは、祥明のホスト時代の源氏名である。

「いるよ。こっちこっち」

瞬太は急いで、目立ちすぎる二人を店内に誘導した。

テーブル席の祥明を見つけた途端、燐は祥明にかけより、がばりと抱きつく。

「ドルチェがピンチなんです、助けてください、ショウさん……！」

祥明が鬱陶(うっとう)しそうに燐の腕をふりほどこうとすると、反対側で、さっと朔夜が膝をついた。

「もはや頼れる人はショウさんしかいません」

「だから、何があったのかちゃんと説明しろ」

瞬太が残り少ないティーバッグでお茶をいれ、運んでいくと、ホストたちは椅子に腰をおろして、ドルチェの窮状(きゅうじょう)を祥明にうったえているところだった。

「災難続きなんです……。最初は七月に、バーテンダーの葛城(かつらぎ)さんがいなくなったことでした」

朔夜は右手の中指で、眼鏡の位置を直す。

「ああ、それは聞いている。だが、また雅人(まさと)さんがかわりにバーカウンターに入って、なんとかなってるんだろう？」

「はい。葛城さんがいなくなったのは初めてではありませんし、私たちもたいして気にしてませんでした。でも、その後がひどかったんです。最高気温が三十六度もある日に、停電したんですよ！」

「冷房のかけすぎでブレーカーがおちたのか？」

「それが、他のフロアのリフォーム工事中に、何か電気系統のトラブルがあったらしくて、復旧するまでに二時間以上かかったんです。最初は闇鍋パーティーだってお客さまも面白がってらしたんですけど、だんだん室温も湿度もあがってきて……地獄の一歩手前まで行ったところで、お客さまにはお帰りいただきました……」

朔夜が遠い目で語る。

「八月には、燐のお客さまたちが酔っ払って、殴り合いの大げんかをしたこともありました」

うっ、と、燐は自分の胸を右手で押さえ、眉間にしわをよせて、テーブルに倒れこんだ。

今日はおおげさなお客さんが続くなぁ、と、瞬太はびっくりする。

「昨日の夜も隣のビルでボヤ騒ぎがあったばかりで、とにかく最近のクラブドルチェは何かに祟られているとしか思えません」

「祟りだなんて大げさな。たまたまだろう」

「今日はあの雅人さんが季節はずれの風邪で高熱をだしちゃって、臨時休業です。祟りでなければ呪いだとしか思えません！」

「お願いです、今すぐドルチェまで来てお祓いをしてください……！」

「今すぐって、陰陽屋はどうするんだ」

祥明は深々とため息をついた。

「そもそもおまえたちは、お祓いをしろと言うが、ドルチェが誰かに呪われたり祟られたりする心当たりでもあるのか？」

祥明の問いに、燐は首を左右にふった。

「別にそういうわけじゃありませんけど、とりあえずお祓いしておけば安心ですから。ほら、場所が悪いとか、昔ここで死んだ人がいたとか、可能性はあるわけですし」

「とりあえずなら、神社でお札でももらってくれば十分だろう」

面倒臭そうに祥明が言った時。

「私にはドルチェを呪ってる人の心当たりがあります」

朔夜がぼそりと言った。

祥明と瞬太はもちろん、燐までもが驚いて朔夜の顔を見る。

「葛城さんですよ」

「は？」

「葛城さんがいなくなって、もう二ヶ月以上たつのに、誰も心配してないし、捜そうともしないんですよ？　呪いたくもなりますよね」

朔夜の言葉に、祥明は肩をすくめた。

「葛城さんに限ってそれはないだろう。それに雅人さんは心配して、八月に陰陽屋に来たんだ。あの時は夏期休業中だったから、葛城さん捜しは断ったが」

瞬太は申し訳ない気持ちでいっぱいになった。

祥明が陰陽屋を夏期休業させたのは、たぶん、掃除をしたくなかったからだ。

「その言い訳が葛城さんに届くといいのですが……」

朔夜はあくまで淡々と言いながら、眼鏡のフレームを押し上げる。

「ショウさんが断ったと聞いたら、雅人さんもさぞ悲しむでしょうね……」

恩人である雅人の名前をだされ、祥明は深々とため息をついた。

四

結局、祥明は陰陽屋を早じまいして、六本木（ろっぽんぎ）のクラブドルチェまでお祓いに行くことにした。

葛城が呪っているという朔夜の説を真に受けたわけではないが、たしかに、いなくなったことを心配もしなければ、捜しもしなかったことは事実であり、多少の後ろめたさは感じざるをえない。

それに、うんと言うまでホストたちが陰陽屋に居座りそうな気配をぷんぷんかもしていたので、出張依頼に応じるしかなかったのである。

四人が六本木に着いた時、すでに空は夜の色に染まり、街は華やかなライトに彩（いろど）られていた。

祥明と瞬太はお仕事スタイルのままだったので、通行人たちがもの珍しげにふり返っていく。

クラブドルチェの近くまで行くと、入り口のまわりに老若男女の人だかりができていた。

みな、手に携帯電話を持ち、シャッターチャンスを狙っているようだ。

「何だろう？　有名人でも来てるのかな？」

瞬太が言うと、祥明は渋い顔で肩をすくめる。

「嫌な予感しかしないんだが」

「まさか、強盗か⁉」

燐に、行けよ、と、押しだされ、朔夜は人だかりに近づいた。

「すみません、何かあったんですか？」

朔夜が尋ねた瞬間。

ギャー！　という、野太い悲鳴が、ドルチェの店内から聞こえてきた。

ガタン、バタン、と、大きな物音が続く。

「助けて‼」

半泣きで店からとびだしてきたのは、スポーツマンホストの武斗（たけと）である。

まさか本当に強盗なのか、と、瞬太は身がまえた。

「どうしたんだ、武斗⁉」

「うわーん、ショウさん、でたんです、あれが！」

今度は武斗が抱きつこうとしたが、祥明はさっとかわす。

「ゴキブリか？」

「違います、ハ、ハクビシンです……！」

「ハクビシン……？」

　祥明はとまどった様子で、首をかしげた。

「北区でもたまにハクビシンを見たって話は聞くけど、まさか六本木にでるなんて！　武斗さんは見たの⁉」

　瞬太は興味津々である。

「身体(からだ)は小さいけど、すごい勢いで暴れてて、すばしっこいし、警察官がでっかい虫とり網みたいなのを持って捕まえにきてくれたけど、ちっとも捕まらないんだよ！　しかも二匹もでたんだ‼」

　武斗は半べそで答えた。

　よく見ると額にすり傷がついている。

「この怪我(けが)はハクビシンにやられたの？」

「う、いや、これはびっくりしてころんで、自分でテーブルにぶつけたんだ」

「なんだ」

「でも凶暴なのは本当だぜ！」

「それで、綺羅はまだ店に残ってるんですか？」

朔夜は武斗の額に傷パッドをはりながら尋ねた。

ちなみに綺羅はドルチェの四人目のホストで、小悪魔系美少年風ホストである。

「あいつはいつのまにか、いなくなってた」

「綺羅はちゃっかりしてるから、どこか安全な場所でお茶でも飲んでそうだね」

燐は苦笑いする。

「ということは、店内にいるのはハクビシンと警察官だけか。キツネ君、ちょっと様子を見てきてくれ」

「えっ、おれ!?」

瞬太はすっかり野次馬気分だったのだが、いきなり祥明に指名されて慌てふためいた。

「ハクビシンを見たいんだろう？」

「まったく人使い荒いんだから」

瞬太はぶつぶつ言いながら、人だかりをかきわけてすすむ。

ドアを二十センチほどあけて、薄暗い店内をのぞきこんだ途端、黒っぽい何かがドカッと顔にぶつかってきた。モサモサした変な感触に顔がおおわれる。しかもおそろしく臭い。

「うぎゃっ!!」

とっさに瞬太は目を閉じ、両手でモサモサを振り落とした。

「そこだっ！」

「ドア閉めて！」

聞き覚えのない男性たちの怒号と靴音が、店内にこだまする。

「な、なに!?」

わけがわからず立ちすくんでいる瞬太の足もとに、大きな虫取り網がバサッとふりおろされた。

「よしっ、一匹確保！」

緑色のネットの中で激しく暴れていたのは、猫ほどの大きさの細長い獣だった。短い手足に、長い尻尾（しっぽ）。小さな額から鼻筋にかけて、くっきりと白いラインが入っている。

「もしかして、これがハクビシン？」

瞬太はおっかなびっくり、捕獲された小動物をのぞきこむ。

テレビでなら見たことがあるが、生で見るのははじめてだ。

「そうだよ。もう一匹いるから気をつけて」

カラスくらいなら余裕で捕獲できそうな、大きな虫取り網の長い柄を両手で握っているのは、紺の制服を着た警察官だった。

よく見ると、店内では、三人もの警察官がハクビシンを捜している。

それにしても、いつもは華やかにしつらえられているホストクラブが、ハクビシンのせいでひどい惨状を呈していた。

カーテンは床に落ちているし、テーブルの上では花瓶が割れて、バラが散乱し、あたりはびしょ濡れになっている。ひっくり返っているソファもあるし、サスペンスドラマの殺人現場のような有様だ。

ハクビシン恐るべしである。

「くそっ、すばしこいな。あと一匹はどこへ行った⁉」

若い警察官が、左手に懐中電灯を、右手に例の大きな虫取り網を持ってテーブルの下をのぞきこんだ。

「そっちか？　イテッ」

背の高い壮年の警察官は思いっきり低いテーブルにすねをぶつけてしまう。

夜目がきく瞬太と違い、警察官たちには、店内の様子があまりよく見えていないようだ。

ドルチェでは、もともと、ムーディーな雰囲気を演出するために照明の光量がおさえられているのだが、何かのはずみでシャンデリアがつかなくなっており、フロアスタンドだけが頼りである。

狐火をだしてあげたいところだが、そうもいかない。

「おれも捜すよ」

瞬太はあたりを見回すが、物かげにでもひそんでいるのだろう。ハクビシンらしき姿は見当たらない。

だが化けギツネには、夜目の他にも、嗅覚と聴覚がある。

まずは嗅覚を全開にして、鼻をヒクヒクさせてみた。

あちこちにケモノ臭がついてしまっていて識別しにくいが、一番臭いが強いのは天井付近だろうか。

耳に意識を集中すると、頭上から、カシャカシャとかすかな物音が聞こえてきた。

顔をあげると、暗いシャンデリアが小刻みにゆれている。

「上だ！」

瞬太は叫んで、シャンデリアを指さした。

「捕まえろ！」

警察官たちが一斉にかけよって、虫取り網をぶんぶん振りまわすが、ハクビシンはするすると天井近くまでのぼってしまう。

中年の警察官が舌打ちをした。

「だめだ、届かないな。暗くてよく見えないし」

「椅子を運んできて、上にのれば、届き、ます、かね？」

若い警察官がぴょんぴょん跳びながら網をふりかざすが、惜しいところで届かない。

「そんなことしてたら逃げられちゃうよ！」

瞬太は草履(ぞうり)を片方ぬぐと、一メートル半ばかりキツネジャンプでとびあがり、天井近くにいるハクビシンに草履をふりおろした。

だが瞬太の渾身の一撃はハクビシンにするりとかわされてしまい、スカッとむなしい音をたてる。

「もう一度！」

瞬太は再び、草履をかまえてジャンプした。

今度はハクビシンは逃げない。

それどころか瞬太の頭にむかって、とびかかってきたのである。

「ギャッ！」

額にドカッと強烈な頭突きをくらい、瞬太は体勢をくずして、空中をバタバタ泳いだ。

なんとか足で床に着地したものの、間髪容れず頭に虫取り網をかぶせられ、仰向けに床へひっくり返る。

「逃がすな!!」

「確保！」

瞬太が目をつぶっている間に、ハクビシンは無事にとりおさえられたようだった。

「怪我はない？」

「うん、大丈夫」

若い警察官に助けおこしてもらいながら、瞬太は念のため、自分の頭をさわってみる。幸い何ともないようだ。

「君、すごいジャンプだったけど、ここのホスト？　その着物はコスプレなの？」

「えーと、まあ、そんな感じかな」

瞬太は立ち上がると、床にぶつけたお尻をさすって、照れ笑いをうかべる。

三人の警察官たちは、ネットの中であばれる二匹のハクビシンをぶらさげて、ドアをあけ、店外へでた。

「もう大丈夫ですよ。ハクビシンが走ったところは消毒しておいてくださいね」

「わかりました。ありがとうございます」

警察官に言われ、ホストを代表して燐が答える。

携帯電話のカメラを用意していた人たちが、ハクビシンをぶらさげた警察官を一斉に撮影しはじめた。ハクビシン、大人気である。

ハクビシンはネットに入れられたまま、パトカーに乗せられた。いったん警察署に連れて行かれるのだろうか。

パトカーが遠ざかると、蜘蛛(くも)の子を散らすように、人だかりも消えてしまった。

「あれがハクビシンか。すごく暴れてたけど、見ようによってはかわいいかもね」

「消毒液はキッチンにありましたかね？」

のんびり話していたホストたちだが、店の惨状を目のあたりにして、愕然とする。

「ハクビシンの野郎、何しやがる!!」

珍しく燐が声を荒らげた。

「これ、今日は無理として、明日は店あけられるんでしょうか……。って、ショウさん!?」

さっさと退散しようとした祥明の腕を、朔夜がつかむ。

「まさかここまで来て帰ったりしませんよね!?」

「店がこんな状態では、お祓いどころじゃないだろう。足の踏み場もないぞ」

「こんな状態だからこそ、お祓いが必要なんですよ！」

「えー」

祥明が肩をすくめて反論しようとした時。

「ショウ……」

壁に手をつきながら、よろよろと店に入ってきたのは、元ナンバーワンホストで、現在はフロアマネージャー兼バーテンダー代理の雅人だった。

　肩を綺麗にささえられているのだが、雅人の方がはるかに背が高く、がっちりしているので、今にも二人で倒れてしまいそうである。

「雅人さん！」

　驚いて祥明は雅人を抱え、比較的ましなソファに腰をおろさせた。

「失礼します」

　祥明は雅人の額に手をあてようとして、前髪が汗で濡れているのに気づく。

「まだ熱がひいてないじゃないですか」

「おれのことは、どうでもいい。それよりショウ、お祓いはすんだのか？」

　かすれ声で雅人は尋ねた。

「今日はお祓いは無理です」

「無理？」

「店内がこのありさまでは……」

「じゃあ、やれるようにしろ」

　熱でうるんだ目で、けだるげに雅人は言う。

「え？」

「え？　じゃないだろ。まさかまた、掃除は面倒臭いとか思ってるんじゃないだろうな」

「ま、まさか」

図星をさされ、祥明は顔をひきつらせた。

祥明はありとあらゆる肉体労働が嫌いなのだ。

しかし大恩人の雅人には逆らえない。

「やりますよ、掃除でもお祓いでも！」

祥明はやけくそ気味の笑顔を、雅人にむけたのであった。

五

雅人に監視されながら、祥明はせっせと片付けを手伝い、スプレー入りの消毒液を店中に噴射してまわった。もちろん瞬太も一緒である。

三十分以上かけて、なんとか作業は一段落した。

「つ……疲れた……」

祥明はホスト用のロッカールームに避難すると、だらしなく壁にもたれかかる。まるで戦いの後のボクサーだ。

けっこう重いものを運ばされた上に、雅人に見られているというプレッシャーでへろへろである。

「ショウさん、お祓いは？」

燐に催促（さいそく）され、ため息をつく。

「とりあえず一服させてくれ……」

狩衣の懐（ふところ）から煙草（たばこ）とライターをとりだす。

だが煙草をくわえ、火をつけようとした時、執事風ホストの朔夜がクールにとびこんできた。

「大変です」

「今度は何だ。ネズミか？」

祥明もクールに答える。

「雅人さんが倒れました。カウンターです」

「えっ!?」

祥明を先頭に、ホストたち全員がバーカウンターにかけつけると、真っ青な顔をした雅人がシェイカーを握ったまま、うずくまっていた。

「雅人さん、しっかりしてください！」

「救急車を呼びますか⁉」

「大丈夫だ」

雅人はゆっくりと立ち上がる。

だがまだ足もとがふらついているし、何より顔が真っ青だ。

「ただのめまいだ。情けない……」

「今日は臨時休業にするんじゃなかったんですか？」

祥明の疑問に答えたのは朔夜である。

「そうなんですけど、外に大勢のお客さまがお待ちなんです。ご予約のお客さまには臨時休業の連絡をさしあげて、店のホームページにもお知らせをだしたのですが、さっきのハクビシン騒動をＳＮＳで知って、心配して来てくださったようで」

どうしたものか、と、朔夜が相談したところ、雅人が店を開けると言いだしたのだという。

「ドルチェを心配して来てくださったお客さまを追い返すような真似ができるか。たとえ何回倒れても、おれはカウンターに立つぞ」

「雅人さん……！」

鬼気迫る雅人の言葉に、ホストたちは感激して、今にも涙を流さんばかりである。

「お願いです、ショウさん、ドルチェを助けてください。雅人さんのために……！」

燐が祥明にとりすがると、全員、異口同音に「助けてください」と言いはじめた。

「待て待て待て」

祥明はホストたちを押し戻そうとしながら反論する。

「さっき念のためキッチンも消毒したが、料理人も来てないし、何の仕込みもしてなかったぞ。あれではフルーツの盛り合わせすらだせないだろう」

「そうだ、今日は休みにするはずだったから、お酒も食材も何もないんだった。でもお酒なら今から買いに行けば……」

燐の言葉に、祥明はため息をつく。

「ルイやドンペリをそのへんの酒屋で売ってるとは思えないが。たとえ運良く買えたとしても、いつもの仕入れ値よりかなり割高になるぞ」

「ショウの言う通りだ……」

そう言いながら、雅人は床に片膝をついてしまった。

「雅人さん……！」

「すみません、おれたちが不甲斐ないばっかりに……！」

「詫びるなら、お客さまにだろう……」

「そうです、その通りです……!!」

かつてない雅人の痛々しい姿に、ホストたちは今度こそ、はらはら泣きだしてしまう。

瞬太も、つい、もらい泣きしそうになった。

「祥明、何とかしてやれよ！」

「お願いします、ショウさん！」

「何とかって……」

瞬太とホストたちに見つめられ、祥明はため息をつく。

長い髪をかきあげ、五秒ほど考えこんだ。

「わかりました。要はお客さまをこのまま帰らせなければいいんですね」

「何か考えがあるの……？」

綺羅が大きな瞳をうるうるさせながら祥明を見上げる。

「お帰りいただく前に、簡単な、ですが、精一杯のおもてなしをしましょう」

「さすがショウさん！」

いきなりホストたちが小躍りして、ガッツポーズをしたので、瞬太はびっくりした。

もしかしたら、うそ泣きだったのかもしれない。

「頼んだぞ……」

雅人に言われ、祥明はうなずいた。

祥明と瞬太は店の中央テーブルに、陰陽屋から持って来た御幣や、米、日本酒などを並べ、簡単な祭壇もどきをしつらえた。

瞬太がふと見上げると、頭上にはシャンデリアが輝いている。

「……見なかったことにしよう」

瞬太のつぶやきに、祥明もうなずく。

祭壇ができあがると、ドルチェの前でずっと待っていた三十人ほどの女性たちを燐が店内に招き入れた。

それぞれの女性の担当ホストが、席までエスコートする。

「今日はお休みだから、ウエルカムドリンクだけしかないの。ごめんね」と、シャンパンをサービスし、全員が着席したところで照明をおとした。

狩衣姿の祥明が姿をあらわすと、ざわめきがおこる。

「ショウだわ……！」

「ショウよ、久しぶり」

「みなさま、本日はようこそクラブドルチェへお運びくださいました。これより穢れを祓い、また、みなさまのご多幸を祈願させていただきます。神聖な儀式ですので、撮影やＳＮＳへの投稿はご容赦ください」

もし祥明がドルチェに来ていることがわかれば、さらに女性客が押しよせ、エンドレスになると考えたためだ。

酒も料理もだせないのに、これ以上のお客さんは困る。

女性客たちは残念そうだったが、祥明の本気の営業スマイルの力に負けて、携帯電話をバッグやポケットにもどした。

「ありがとうございます。それでは……」

祥明は女性たちが見守る中、ろうろうと祭文を唱えはじめた。

今回はサービスのつもりなのか、長い方の祭文だ。

客席から、うっとりしたため息がもれる。

祥明は祭文を唱え終わると、反閇(へんばい)を踏み、鎮宅霊符(ちんたくれいふ)を壁に貼った。

「ありがとうございます。つつがなく終了いたしました」

祥明が挨拶して退場すると、再びホストたちが出口までエスコートして、女性たちを送りだす。

瞬太はロッカールームで聞き耳をたてた。

「ショウが陰陽師になったって本当だったのね」

「白い着物もすごく似合ってたわ」

などの声が聞こえてくる。

「お客さんたち、みんな、すごく祥明のことほめてるよ」

瞬太の報告に、祥明は、そうか、と、ほっとした様子だった。

今度こそ煙草を吸おうとして、袖から煙草とライターをとりだす。

「祥明、おれ、さっきから首の後ろがゾワゾワするんだけど、雅人さんの風邪がうつったのかな……？」

瞬太が両手で自分の首を押さえながら言うと、祥明は器用に眉を片方つりあげた。

「それはおそらく、もっとたちの悪いものだ」

「え？」

煙草とライターを袖に放り込むと、祥明は突然、立ち上がる。

「逃げるぞ！」

瞬太がきょとんとしていると、店の入り口から、覚えのある声が聞こえてきた。

「ヨシアキ〜、ここにいるんでしょう⁉」

この声は、まさか、祥明のお母さん……⁉

ここに祥明がいることを知っているはずはない。それなのに、なぜ⁉

瞬太が青くなって祥明の方を見ると、すでに裏口にむかって走りだしていた。

「どこにいるの、ヨシアキ⁉」

「あっ、お客さま、お待ちください！」

「誰か止め……グフッ」

大丈夫か⁉という悲痛な叫びがこだまする。

「ヨシアキ、でていらっしゃい」

あっさり入り口を突破したらしい優貴子の声、そして高いヒールの靴音が響く。

長い髪をゆらし、スカートのすそをひらめかせて、祥明を捜す姿が目にうかぶようだ。なまじっか美人なのがまた恐怖をさそう。

「どこ――？」

迷っている暇はない。

瞬太も大急ぎで祥明の後を追ったのであった。

六

翌日。

十月にはいってからは、秋晴れが続いているので、瞬太たちはほぼ毎日、屋上で昼食をとっている。

今日の吾郎の手作り弁当は、鶏そぼろご飯に、さんまの味噌煮、ほうれん草のごまあえ、ゴーヤーチャンプルー、そしてりんごがひとかけらだ。

瑠海と大ちゃんが気仙沼に帰ってしまい、時間に余裕ができたものだから、毎日おかずを四、五種類いれてくれる。

「沢崎、もしかして昨日、六本木に行った？」

瞬太に尋ねてきたのは、高坂だ。

ちなみに高坂の昼食は、オーソドックスなたまごサンドである。

「うん、陰陽屋の仕事で祥明と行ったんだ。でもどうして委員長が知ってるの？」

「遠藤さんが教えてくれたんだけど」

高坂が携帯電話をとりだして見せてくれたのは、ＳＮＳに投稿されたハクビシンの捕獲画像だった。例の緑のネットにいれられて、暴れまくっているところだ。

「どこに沢崎うつってる？」

カルビのおにぎりを片手に、江本がのぞきこんできた。

「ここだよ」

高坂が指さした隅っこをよくよく見ると、瞬太も小さくうつりこんでいた。といっても後ろ姿だが。

おそらく、ハクビシンを捕獲した警察官がドルチェの店外にでた時に撮られたものだろう。

「本当だ、おれだ。でも遠藤さん、よくこんなの見つけたね」

「遠藤さんの情報収集能力は人間離れしてるからね。沢崎が京都にいるのをＳＮＳで見つけだしてくれたのも彼女だし」

「そうだったのか」

「ＳＮＳめっちゃ便利だな。それとも遠藤がすごいのか？」

瞬太と江本は二人で、遠藤の特殊能力に感心する。

「でも委員長が日本中どこに逃げても追いかけられるんだぜ？」

岡島の恐ろしい指摘に、屋上が凍りついた瞬間だった。


その日の午後四時すぎ。

瞬太が陰陽屋へ行くと、祥明は休憩室のベッドでごろごろしていた。

「昨日は招かざる客ばかりで疲れた。普通のお客さんが来たら教えてくれ」

瞬太の友人たちがあらわれたところから、息を切らしながら地下鉄にかけこんだところまで、すべてが災厄だった、と、祥明はぼやく。

「それにしても、なぜドルチェにいることが母にばれたんだ。ドルチェでお祓いをしたことを、誰かがSNSに投稿したのか？」

「あ、それ、たぶん、ハクビシンと一緒におれがうつってたせいだと思う」

高坂から見せてもらった画像のことを話すと、祥明は枕につっぷした。

「おのれ、ハクビシンめ！　呪詛（じゅそ）してやる!!」

どうも冗談ではなさそうだ。

「とにかく、ドルチェに行くとろくなことがない。二度とお祓いを頼まれないためにも、さっさと葛城さんを捜しだすぞ」

祥明はベッドに寝転んだまま、決意表明をした。

「葛城さん！　おれの叔父（おじ）さんなんだよね!?」

「ああ」

葛城には何度か会ったことがあるし、化（ば）けギツネだということも知っていたが、まさか自分の父親の弟だったとは。

「葛城さんに聞けば、おれの実のお父さんのこともいろいろ教えてくれるよね、きっと」

「父親のことなら、呉羽(くれは)さんだって話してくれるだろう」

「まあそうなんだけど……」

瞬太はちょっと困った顔で口ごもった。

「ま、おまえの事情とは関係なく、おれはクラブドルチェと自分のために葛城さんを捜すけどな」

「でも、どうやって？」

「問題はそれだ」

祥明は頭をあげると、枕にひじをついた。

「葛城さんの携帯に何度電話をしても、まったくつながらない」

いいかげん充電してくれてもよさそうなものだが、と、祥明はため息をつく。

「家は？」

「雅人さんが行ってみたが、郵便物がたまっていて、もう長いこと帰っていない様子だったそうだ」

「また香港(ホンコン)行っちゃったのかなぁ」

「それはないだろう」

「じゃあどこに……」

その時、階段をおりてくる靴音を聞きつけて、瞬太の三角の耳がピンとたった。

高いヒールの靴音、そして、尋常じゃない強い気配……

「キャスリーンだ！」

「きたか」

祥明はおもむろにベッドからおりると、沓(くつ)をはき、さっと狩衣を整えた。

瞬太も黄色い提灯をつかみ、店の入り口まで走る。

「いらっしゃい！」

瞬太がドアを開けると、キャスリーンこと月村颯子(つきむらさつこ)が悠々と階段をおりてくるところだった。

化けギツネの中の化けギツネは、あいかわらず、絵本にでてくる西洋の魔女のような顔をしている。

ぎょろりとした大きな目、高い鼻、赤い唇、そして美しくなびく白銀の髪。

思わず瞬太は、ごくり、と、つばをのんだ。

以前会った時は、それほど威圧的な気配を感じなかった気がするのだが、もしかしたら、颯子が自分で抑えていたのかもしれない。

「久しぶりね、瞬太君」

颯子はにっこり笑うと、いきなり瞬太をきゅっと抱きしめた。

「な、な、な、なに!?」

瞬太は驚いて、尻尾をピンとたてる。

「あら、親戚の坊やへのハグよ」

「親戚？　そうか、呉羽さんの伯母さんなんだっけ」

瞬太は硬直したまま、颯子の目を見た。

「ね、あたしが言った通りだったでしょ」

「あ、うん、まあ」

颯子は、瞬太と呉羽の目が似ているというだけのざっくりした理由で、親子に違いないと決めつけたのだった。

よくもあたったものである。

「わざわざのお運びありがとうございます。どうぞこちらへ」

休憩室からでてきた祥明が、気合いの入った営業スマイルで颯子をテーブル席に案内した。

「電話でお話しした通り、葛城さんとかれこれ二ヶ月以上連絡がとれていません。瞬太君がいなくなったことを電話で知らせた直後あたりから、無断欠勤しているようです」

　かつては葛城が月村颯子という女性を捜してほしい、と、陰陽屋に写真を持ってきたものだが、今回はその葛城を捜すために颯子にきてもらっているのだ。

　変な感じだな、と、瞬太は思う。

「おそらくキツネ君を捜しにでかけたのではと推測されるのですが、一体どこまで行ったものか。職場のみなさんが大変困っておられます」

　瞬太は、しゅんとして耳を伏せながら、颯子にお茶をだす。

「颯子さんは葛城さんと連絡はとれませんか？　あるいは、葛城さんを見かけたという噂を最近耳にしませんでしたか？　その、妖狐(ようこ)のみなさんの間で……」

　それまで黙って聞いていた颯子が、急に、右手のひとさし指をたてて、祥明の話をさえぎった。

七

「ここに恒晴のニオイが残ってるわね」

「恒晴？」

　突然の指摘に、祥明は眉をひそめる。

「それは、キツネ君の父親が亡くなった後、呉羽さんが結婚したという恒晴さんのことですか？」

　颯子の血筋をひく瞬太の力を恒晴が狙っていることに気づき、逃げだしたのだ、とも呉羽は語っていた。

「最近、あやしい男がこの店に来なかった？」

「いえ、特には」

「人間には見破れないか。一見、普通の人間とかわらないし」

「前回、颯子さんが陰陽屋にいらっしゃったのが八月のお盆の頃ですから、その後来た人ということですね。男性客が一日平均二人として、百人くらいにはなります」

「防犯カメラはない？」

「いえ、こんなに小さな店ですから。でも、そうですね、王子駅から陰陽屋へ来る人は、商店街の防犯カメラにうつっている可能性が……。しばらくお待ちいただけますか？」

祥明は急に陰陽屋からでていったかと思うと、五分ほどで戻って来た。

手にUSBメモリーを持っている。

「コピーさせてもらいました。王子茶舗の防犯カメラでとった画像です。一ヶ月分しか保存していないそうですが……」

もう三年近く前、王子茶舗の店先に並べられているお菓子がしばしば消えてなくなる事件が発生したため、万引き犯を特定するために祥明が設置した防犯カメラである。

結局、その時はアライグマのしわざだったのだが。

「早送りで見てみましょう」

商店街で買い物をする人だけでなく、駅や専門学校へ行くために通りぬけるだけの人たちもうつっているため、かなりの人数である。

「一人で防犯カメラの画像を全部チェックするのは無理ね。恒晴のことは忘れてちょうだい」

防犯カメラは、と、自分で言いだしたわりに、颯子はあっさり投げだした。

「えっ、もうあきらめるの⁉」

「だって無理でしょ。一ヶ月分よ」

「二人ならどうですか？　半分ずつ見ればすみますよ」

「どういう意味？」

「もう一人、恒晴さんの顔を知っている人に来てもらいましょう」

「ああ、呉羽ね。すぐによんで」

呉羽さんがここに来る⁉

瞬太はぎゅっとお盆をにぎりしめた。

近々、誕生日を聞こうと思ってはいたのだが、まさかその前にこんな形で会うことになろうとは。

「こ……心の準備が……」

耳をぺたりと後ろに倒し、胸にお盆を抱きしめる。

「別に初対面じゃないんだから、そんなに緊張することはないだろう」

「そうだ、ちょっとコンビニまで買い物に……」

「どうしても会いたくないなら沢崎家に避難してもいいぞ。京都はやめておけ。そもそも山科家の人たちは東京に来ているから、泊めてもらえないしな」

「逃げる気はないよ。今、本当に、ちょっと、お茶がきれそうだから」

瞬太はごにょごにょ言い訳するが、祥明の眼差しはひややかである。

「わかったよ、ここにいるよ、いればいいんだろ！」

瞬太はヤケクソ気味に宣言した。


瞬太が店内をうろうろすること四十分。

祥明の連絡をうけた葵呉羽が、陰陽屋にあらわれた。

今日は白い七分袖のブラウスに、キャメルのスカートというおちついた格好をしているが、やはり二十代にしか見えない。

だが颯子の言う通り、目の色は同じである。

なんだか不思議な感じだな、と、瞬太は思う。

「しゅ、瞬太君、こんにちはっ……！」

なぜか呉羽は声がうわずっている。

「ど、どうも」

瞬太もぎくしゃくしながらお茶をだした。

呉羽はいろいろ語りたいことがありそうな顔をしていたが、瞬太はさっと休憩室にひっこんでしまう。

落ち着くまで、もう少しだけ時間がほしい。

「これが防犯カメラの画像です」

「あ、はい！」

祥明は呉羽をパソコンの前に案内した。

颯子はすっかり画像チェックに飽きて、からみぐせのある酔っぱらいのように目がすわっている。

「恒晴さんは目が特徴なんですけど、この画像ではそこまでわからないかも。日本人には珍しい、琥珀(こはく)色の瞳をしているの」

「琥珀色……？」

瞬太ははっとして、休憩室からとびだす。

「昨日の午後の画像をだせる？　午後五時くらい」

「ああ」

祥明は画像の時間を指定した。

「呉羽さん、もしかしてこの人……」

瞬太が指さした人物を見て、呉羽は身をのりだした。

「そうよ、この人よ！　あたしと結婚していた時とまったくかわってない。この人が恒晴さんです！」

瞬太が指さした男性は、キャリーバッグをひきながら、王子茶舗の前を通り過ぎた。

春記の助手の学生、鈴村である。

「他人のそら似ということはありませんか？　彼は鈴村と名乗っていましたが」

「鈴村は恒晴の母方の名字よ」

颯子もがぜん、やる気をとり戻し、興味深そうにパソコンの画像を見ている。

「間違いなさそうですね」

「本当にあの人が恒晴さんなの？　京都でも二回会ったけど、全然化けギツネっぽくなかったよ。第一、つり目じゃなかったし」

瞬太は必死で、なけなしの記憶力を総動員した。

伏見稲荷の山中でおこしてくれた時のこと、講演会の会場で春記の控え室まで案内してくれた時のこと、そしてつい昨日、陰陽屋にあらわれた時のこと。

たしかに日本人にしては珍しい、きれいな琥珀色の瞳をしていた。

だがそれだけだ。

顔も、体型も、服装も、髪型も、よくいる大学生そのもので、どう見ても二十代前半……。

そこまで考えて、瞬太ははっとした。

化けギツネは、人間よりも年老いるスピードが遅い。

現に、瞬太の生みの母である呉羽だって、二十歳そこそこにしか見えないではないか……。

「恒晴は父親が人間だから、目の色をのぞけば、ごく普通の日本人にしか見えない。母親はとても力の強い妖狐だったけど」

颯子の言葉に、瞬太は、そういうことか、と、納得する。

「春記さんは鈴村さんの正体に気がついてないんだよね、きっと」

瞬太の言葉に、祥明は肩をすくめた。

「それはどうだろう。逆に春記さんは気づいているからこそ、観察目的で近くに置いているのかもしれない」

「その春記という人間が、恒晴に利用されている可能性だってある」

颯子の指摘に、祥明は意外そうな顔をする。

あの腹黒そうな春記が、妖狐とはいえ他の人間に利用されるだなんて、考えたこともなかったのだろう。

「恒晴の母は、人の心を魅了する妖力をもっていた。恒晴にもある程度その力が受け継がれているのかもしれない。呉羽がやすやすとだまされたように」

「それは……はい……」

颯子の指摘に、呉羽は恥ずかしそうにうつむいた。

「でも、もしも恒晴さんが、偶然ではなく、自分の意志で瞬太君の前にあらわれたのだとしたら……」

呉羽は胸の前で両手をぎゅっと握りしめる。

「恒晴さんは……まだ、瞬太君のことをあきらめていないのかも……」

八

「えっ、おれ⁉」

呉羽の言葉に、瞬太はきょとんとした。

「瞬太君なら妖力なんか使わないでも、簡単に言いくるめられますからね。京都でも、地球の裏側でも、ひょいひょいついて行きますよ」

祥明にひやかされて、瞬太は、うっ、と、言葉につまる。

「で、でも、おれなんか言いくるめて手下にしても、狐火をだすくらいしかできないよ？」

「瞬太君………」

瞬太はいっせいに、三人の大人たちから、あわれみのこもった温かい眼差しをむけられた。

「あっ、掃除とお茶くみもできる！」

瞬太は急いで言い足したが、かえって不憫さをましただけだったようだ。

「燐太郎は本当に優秀な男だったんだけど、人間が育てるとこうなるのね」

颯子がため息まじりに言う。

「えっ、でも、誰も瞬太君に教えていないのに、自然に狐火をだせるようになるなんて、すごくないですか!?」

呉羽が何とかフォローしようとしてくれたが、逆に傷口をひろげられた気がしないでもない。

「もういいよ……ありがとう……」

瞬太はしょんぼりと長い尻尾をたらす。

「と、とにかく、恒晴さんにはくれぐれも気をつけてね。半分人間だと思って油断しちゃだめよ、そのぶんあたしたちより頭がいいから！」

「そういうものなんだ……」

さりげなく、衝撃的事実を告げられたかもしれない。

アニメだったら、白目になって、口から泡をふいているところだ。

半分人間の恒晴の方が、純血種の妖狐である呉羽や瞬太より頭がいいだなんて
……！

「あっ、颯子さまは別格よ！　ものすごく長いこと生きてらっしゃるから」

呉羽の余計な一言を、颯子はさらっと無視した。

妖狐とはいえ、女性に年齢の話はタブーなのかもしれない。

それにしても、呉羽の墓穴をほりまくるところは、もしかして、自分にも遺伝しているのだろうか。

瞬太はかなり残念な気持ちになる。

「もし恒晴さんのことで何かあったら、すぐに電話ちょうだい。番号は知ってるわよね？」

呉羽にぎゅっと両手を握られ、瞬太は反射的に手をひっこめようとした。

「あ……」

瞬太が手をひっこめかけたことに気づいたのだろう。呉羽の眉が曇る。

傷つけてしまっただろうか。

別に呉羽のことが嫌いなわけではないのだが、すぐにうちとけるのは無理だ。

呉羽の方も緊張しているのか、小さな手がかすかに震えている。

「えっと、うん、連絡先のメモ、祥明からもらったから」

瞬太はどぎまぎしながら答えた。

「あっ、誕生日！　おれの誕生日っていつなのか覚えてる？」

「もちろん。十二月二十一日よ」

「十二月二十一日……」

はじめて自分の誕生日を知って、瞬太は胸がふわっと温かくなるのを感じる。

十二月二十一日、十二月二十一日。

忘れないよう、繰り返し心に刻む。

「射手座か。何事にも前向きで、頼られるとすぐ調子にのってしまう、キツネ君らしい星座だな」

瞬太ははっとして祥明を見る。

「他は!?　式盤（ちょくばん）の、ええと、六壬式占（りくじんちょくせん）とか、あとあと、四柱推命（しちゅうすいめい）とか、風水はどうなってる!?」

勢い込んで祥明に尋ねた。

「これ以上は有料だ。給料から天引きするがいいのか？」

葡萄色の扇の先で鼻の頭をつつかれ、瞬太は、くぅ、と、悔（くや）しそうな顔をする。

京都からの新幹線代を九月の給料から天引きされたので、まだ十月上旬なのに、瞬太の財布は早くもピンチなのだ。

こういうところは春記の太っ腹を見習ってほしい。

「……祥明のあたるも八卦、あたらぬも八卦の占いに払うお金なんかない」

「なかなか賢くなったな」

祥明は眉を片方つりあげて、フッと笑う。

「誕生日だけでいいの？」

呉羽の質問に、瞬太はこくりとうなずいた。

「おれ、いっぺんにいろいろ聞くと頭がこんがらかっちゃうから、今日は誕生日だけにしとくよ。また聞きたいことができたら電話していい？」

「もちろんよ！　いつでもかけて」

呉羽は嬉しそうに微笑んだ。

呉羽と颯子が帰った後も、瞬太はしばらくそわそわしていた。

「十二月二十一日、十二月二十一日か」

店内にはたきをかけながらも、つい、うきうきと繰り返してしまう。

そうだ、家に帰ったら、誕生日がわかったことを母さんと父さんに報告しよう。

本当の誕生日は十二月の……。

そこまで考えて、はたきを持つ手がとまった。

母さんに、言うのか？

本当の誕生日を、本当の母親からきいた、と……？

きっとみどりと吾郎は喜んでくれるだろう。

今年から十二月二十一日はケーキを用意してお祝いしようと言ってくれるだろう。

わかっている。

でも……。

瞬太は思わず、ため息をついてしまう。

それから、恒晴のことはどうしよう。

みどりと吾郎に言った方がいいのだろうか？

だが、恒晴は、瞬太のことをあきらめていないかもしれない、とは、具体的にはどういうことをさしているのだろう。

みどりと吾郎に余計な心配をかけてしまうことになるなら、言わない方がいいだろうか。

「それにしても、まさかあの人が恒晴だったなんて……」

親切な感じのいい学生だとばかり思っていた。

そう思わせるところが、妖力の一端なのかもしれないが。

「二十二、三歳に見えたけど……本当は一体何歳なんだろうな……」

自分もそろそろ成長が止まるのだ。

両親との別れは、着々と近づいている。

それから、友人たちとも。

ずっと考えないようにしていたが、目の前につきつけられると、思い出さずにはいられない。

若すぎる呉羽と、若すぎる恒晴。

「そういえば、春記さんは昨日来た時に、国立までじいちゃんのお見舞いに行くって言ってたけど、まさか恒晴さんも一緒じゃないよね？」

瞬太に尋ねられ、祥明は首をかしげる。

「まさか……いや、どうだろう」

祥明は春記の携帯に連絡をとろうと試みるが、二十回ほどコール音が流れたところで留守番サービスに切り替わってしまった。

電車にでも乗っているのか、あるいは、単に着信に気づいていないのか。

春記が電話にでないのであれば、柊一郎の方にかければよさそうなものだが、そもそも柊一郎は携帯電話を持っていないのだ。

「固定電話にかけると、おそろしい確率で母がでるからな……」

祥明は顔をしかめる。

「いつものように秀行(ひでゆき)に伝言を頼むしかないか」

「おれ、国立に行くよ。じいちゃんに話したいこともあるし」

祥明の母は怖いが、そんなことを言っている場合ではない。

「おれも一緒に行こう」

「いいの？　お母さんいるかもしれないよ」

「その件なら大丈夫だ」

祥明は唇の端に、人の悪そうな笑みをきざんだ。

九

二人が国立に着いた時、閑静な住宅街はすでに夜のとばりにおおわれていた。秋の虫たちが軽やかな音楽を奏でている。

「ヨシアキに瞬太君じゃないか。この家に来るなんて珍しいね」

突然の来訪だったが、柊一郎は相好（そうごう）を崩して歓迎してくれた。

「あらまあ、お帰りなさい。瞬太君もいらっしゃい」

「すみません、急に来て」

「いいのよ、あなたの家なんだから」

祥明の祖母の寧子（やすこ）も嬉しそうだ。

春記の母親の蜜子（みつこ）とは姉妹だが、ひたすら美容に全力をそそぐ華やかな姉と違って、年相応に落ち着いた、堅実な雰囲気の老婦人である。

強（し）いて姉との共通点をあげるとすれば、関西弁のアクセントが混じることと、気の強そうなきりっとした眉だろうか。

「それで……」

「安心して、優貴子だったら三十分ほど前にでかけたから。もしかしてあなたの差し金なの？」

「ええ、まあ」

瞬太がドルチェの店内清掃を手伝っている昨日の画像を、あたかも今日撮影したかのごとく、「今日は定休日だから大掃除。強力な助っ人たちのおかげでドルチェはピカピカになりました」というコメントとともにＳＮＳにアップさせたのだ。朔夜のアカウントで。

「母は必ずドルチェのホストたちのアカウントを毎日、いや、毎時間チェックしているはずです。だからあのキツネ君の画像を見て、おれたちがドルチェにいると思い込み、今頃は電車の中でしょう」

「でもなんで、おまえの画像じゃなくておれのにしたんだ？」

「おれの昔のお客さままで六本木まで行かせてしまったら申し訳ないからな」

今も客商売をしているせいか、祥明はこれでも、女性客たちには気をつかっているようだ。

「それで、何かあったのかね？」

何もないのに、わざわざ優貴子を追い払ってまでこの家に来るはずがない、と、柊一郎はお見通しである。

「春記さんはもうここに来ましたか？」

「ああ、昨日来たよ。助手の学生と一緒に。たしか鈴村君だったかな。珍しい色の瞳をしていた。……なるほど、ヨシアキと瞬太君がとんできたということは、彼はやはり、妖狐なんだね」

「じいちゃんに何かしたの!?」

「いや、特に何もしなかったよ。もの珍しげに僕の蔵書を見ていたかな。ただ、見た目は若いのに、一瞬だけ何百年も生きた妖（あやかし）のような気配をただよわせたことがあって」

柊一郎は白い顎髭（あごひげ）をなでた。

「……そう、月村颯子さん。彼女を思わせる眼差しをしたことがあった。気のせいだと思ったんだが、なるほど、妖狐だったんだなぁ」

柊一郎は、ふふふ、と、笑う。

学生時代に化けギツネの篠田(しのだ)とであってから、かれこれ六十年のキャリアは伊達(だて)ではない。

「彼は妖狐の中でも、ちょっと危険な存在です。何もしなかったようなので安心しましたが」

「危険とはおだやかじゃないね」

「赤ん坊の頃からキツネ君を狙っていたようなのです。もしかしたら、生まれる前からなのかもしれません」

葛城燐太郎が急死した後、妊娠に気づいた呉羽に近づき、赤ん坊には父親が必要だ、と、言葉巧(たく)みに結婚を承諾させた恒晴。

最初から呉羽ではなく、赤ん坊の方が目的で結婚したのかもしれない。

「呉羽さんの考えすぎだといいのですが、実際に春記さんに近づき、さらに、キツネ君の前に姿をあらわしていたとなると……。まあ、用心にこしたことはないですから」

「あの若者はとてもそんな年齢には見えなかったが、妖狐ならそういうこともある、か」

柊一郎の言葉に瞬太はドキリとする。

「……化けギツネは、人間とは時間の流れが違うから……」

「たしかに月村さんは時間を超越したところがあるが、みんなそうなのかな？」

柊一郎は学生時代に、篠田を訪ねてきた颯子を見たことがあるのだ。

「うん。おれも、もう成長が止まって……」

瞬太の目から、突然、ぽろりと涙が一粒こぼれた。

「おれ、もうすぐ、みんなと一緒にいられなくなるんだ。化けギツネだから」

いつまでも若い呉羽のように。恒晴のように。颯子のように。

「そんなの、おれ、嫌だ。みんなと一緒に大人になりたい。みんなと一緒に年をとりたい。ずっとみんなと一緒にいたい」

「瞬太君……？」

「もう成長が止まるって言われたんだ。だから人間の家族とは暮らせないって。おれ、どうしたらいいの？　じいちゃん、教えてよ」

「キツネ君、落ち着いて」

祥明がなだめようとするが、一度流れはじめた瞬太の涙は止まらない。

「じいちゃんも、十分生きたとか、面倒臭いとか言って、手術を受けようとしないし。嫌だよ、おれをおいていかないでよ。一年でも、ううん、一日でも長く生きていてよ」

小学生のように顔をくしゃくしゃにして泣く瞬太に、柊一郎と祥明は背中をなでたり、ティッシュをとりに走ったり、大慌てである。

寧子が、とっさに瞬太の手をとり、クッキーを持たせた。

「ほら、瞬太君の大好きなお菓子よ。お饅頭(まんじゅう)やチョコもあるから、好きなだけお食べなさい」

「あ、ありがと」

瞬太はクッキーを口にいれる。

「美味(おい)しい……ありがと……」

そう言いながら、またはらはら泣きだしてしまう。

「ごめん。おれ、今日、呉羽さんに会ったんだ。ちょっと似てるところがあったり、誕生日も教えてくれたし、やっぱり本当におれを産んだ母親なんだなって思ったら……自分も化けギツネなんだって……わかってたことなのに……」

「大丈夫よ、瞬太君。必ずこの人には心臓の手術をうけさせるから安心して」

「何を勝手に決めてるんだ」

　驚く柊一郎を、寧子はキッととにらみ返した。

「こんな小さな男の子を泣かせて、柊一郎さんは恥ずかしくないんですか⁉」

「えっ」

「あたしは常々、あなたのことも、娘のことも、自由にさせすぎたのではないかと悔やんでおりました」

「寧子⁉」

「お祖母さん⁉」

「長男であったにもかかわらず、蔵書しか取り柄のない貧乏学者の家に養子に入ってくださって、柊一郎さんにはずっと感謝してきました。学者以外の道をゆるされず、いろいろ不自由だったことでしょう。だからせめて、あたしは余計な口出しをせず、ものわかりのいい優しい奥さんでいようと努力してきたつもりです」

「う、うん」

「今回も、柊一郎さんの人生なのだから、柊一郎さんが心臓にペースメーカーをつけないと決めたのであれば、それも仕方のないことかと受け入れるつもりでおりました。

が、事情がかわりました。これ以上、瞬太君を悲しませるわけにはいきません。違いますか？」

「じいちゃん……」

瞬太が泣きはらした赤い目で見上げると、柊一郎は、いやはや、と、右手で真っ白な顎髭をなでる。

「たしかにこのままでは瞬太君が心配で、僕も安心して成仏できそうにないねぇ」

とうとう柊一郎もあきらめまじりの笑顔で同意した。

「今夜早速、心臓外科の教授に電話を入れておきますからね。瞬太君、安心してちょうだい。さあ、お菓子をたんと召し上がれ」

「ばあちゃん……！」

「瞬太君は本当にいい子ね」

「今さらだけど、おれ、小学生みたいに泣いちゃって、すごく恥ずかしい……」

「あたしから見れば、小学生も高校生もたいした違いはないから平気よ」

慰められているのか、そうでないのか、よくわからない。

「優貴子なんか、大人になってもよく泣いてたわ。ヨシアキがちょっと熱をだしたりお腹をこわしたりしたら、そりゃもう大騒動で、この世の終わりみたいに号泣しながら病院にかけこんでいたものよ」

「そうでしたっけ……？」

祥明は全然覚えていないようだ。

「安倍家では男の子は若くして亡くなるっていうジンクスがあったせいでね。昔と今とでは医療も環境も全然違うから大丈夫よっていくらなだめても、聞く耳持たないの。不安で不安で仕方がなかったのね。憲顕（のりあき）さんがまた、学問以外は何も興味がない人で、全然頼りにならないから。でももうヨシアキもこんなに大きくなったんだし、いいかげん子離れしないと」

「まったくです。さっきの調子で、お母さんにもガツンと言ってやってください」

「言ってきく人じゃないのよねぇ」

「それは……たしかに……」

安倍家に気まずい沈黙がたれこめる中、瞬太がクッキーを食べるポリポリという音だけが響いたのであった。

十

森下通り商店街を歩きながら、瞬太は幸せをかみしめていた。

瞬太の背中のリュックから、甘い美味しい匂いがただよってくる。寧子がお菓子をたくさん持たせてくれたのだ。

「はー、いい匂いだなぁ」

「もう二十回は聞いたぞ」

祥明はあきれ声である。

「まだ鼻がひりひりする……」

ティッシュで洟(はな)をかみすぎたせいだ。目もちょっとはれぼったい。

「春記さんはまだ、鈴村……恒晴さんと一緒にいるのかな？」

「荷物持ちだし、京都に帰るまでずっと一緒だろうな」

「大丈夫なのかな……。颯子さんが言ってたみたいに、春記さん、恒晴さんにあやつられてないといいけど」

「春記さんは、あやつられていてもいなくても厄介だ」

祥明はきゅっと眉根をよせた。

「まあ、あとはまた明日……ん？」

陰陽屋の前で二人が別れようとした時、暗い階段で、黒い人影が動くのが見えた。

「ショウさん！　瞬太さん！」

黒い人影が階段をかけあがってくる。

聞き覚えのある声だ。

この声は……。

「葛城さん⁉」

「はい。お帰りなさい、ショウさん、瞬太さん」

もう夜も九時をすぎたのに、今日もトレードマークの黒のサングラスをかけている。

化けギツネだから夜目はきくのだろうが。

「今までずっと、どこに行ってたんですか⁉」

祥明の提案で、三人は上海亭（シャンハイてい）で夕食をとることにした。空腹に加え、葛城を問い詰める必要があったのだ。

祥明が五目ラーメンを、葛城が野菜あんかけラーメンを、金欠の瞬太がもやしラーメンをそれぞれ注文した。

「あら、こちら陰陽屋さんの知り合いの人？　格好いいわね～」と、江美子がサービスでつけてくれた餃子を三人でわけあう。

「ショウさんからお電話をちょうだいして、瞬太さんが兄の忘れ形見であったことを知り、これは兄に知らせねばと、墓前に報告してまいりました」

話しながら、葛城はようやくサングラスをはずした。

さすがの妖狐も、レンズがラーメンの湯気で真っ白になっては前が見えなかったらしい。

「それにしても、瞬太さん、本当に大きくなって……」

葛城は感激のあまり、声をつまらせた。

「あ、えっと、ありがとう」

前回会った時とくらべて、一ミリ伸びたかどうかというところだが、寧子に「小さな男の子」と言われて少々傷ついたところだったので、つい、瞬太はお礼を言ってしまう。

「それで、二ヶ月以上もご実家に戻っておられたんですか？」

祥明の声には若干の棘(とげ)がある。

「いえ、墓参りをすませた後、兄の最期(さいご)の場所にも花を供(そな)えたくなり、そちらに足をはこびました」

「ああ……」

葛城の兄の燐太郎は、川で水死体となって発見されたのだと言っていた。

検視で溺死(できし)と判断されたが、実は違うのではないかと葛城は疑っている。

川で溺(おぼ)れるほどへべれけによっぱらっていたのなら、尻尾をだしているはずなのに、死体は尻尾をだしていなかったのだ、と。

「日帰りで行くには交通の便が悪いところだったので、近くの温泉宿に泊まったのですが、そのロビーで、思わぬ写真を見つけました。十八年前の、温泉街の風景に、思わぬ人がうつっていたのです」

「また颯子さんですか？」

祥明は肩をすくめた。

古い写真にうつっている謎の女といえば、月村颯子と相場が決まっているのだ。

「いえ、それが、兄の友人の、恒晴さんでした」

　祥明と瞬太は息をのんだ。

　たまたま温泉宿が今年、創業百周年を迎えたため、開業当初の白黒写真から最近のものまで、約二十枚が、日付入りでロビーに展示されていたのだという。

「兄と恒晴さんが一緒に来たのか、偶然、同じ日に、ばらばらに来たのか……。恒晴さんに聞くしかないと思い、全国各地を捜しまわったところ、この夏、京都で見かけたという人がいたのです。急ぎ、京都まで捜しにいったのですが、なかなか広くて……。残念ながら、恒晴さんに会うことはできませんでした」

「でしょうね」

「今、東京に来てるよ」

「え？」

　今度は葛城が仰天する番だった。

「昨日、陰陽屋に来たんだ。祥明の親戚と一緒に。今は鈴村っていう名前を使ってるよ」

「そうだったんですか」

葛城は一瞬、がっくりとうなだれるが、すぐに立ち直る。

「どちらのホテルかご存じですか？　恒晴さんに、あの温泉街で兄と一緒だったのか聞きにいきます」

「おそらく私の親戚がひいきにしている新宿のホテルですが、無駄だと思いますよ。仮に十八年前に何かあったとしても、正直に話すような人には見えませんでした」

「むむ……」

葛城はうろたえた様子で、腕を組んだりほどいたりした。

「まさか……まさか、兄の死に、恒晴さんがかかわっていると？　あの人は兄の友だった人ですよ？」

「今の段階ではそこまでは断定できませんが、もしもまったくの無関係なら、なぜ十八年前に、その温泉街で燐太郎さんと一緒にいたことを隠しているんでしょうね」

「だから、偶然……かもしれません」

兄の友人を信じたいのだろう。

葛城は眉間にぎゅっと深いしわを刻み、うつむく。

「そうですね」

祥明はまったく心のこもらない様子で同意した。

「それはそうと、葛城さん、一つお尋ねしたいことがあるのですが」

「何でしょうか？」

「この二ヶ月というもの、まったく携帯電話が通じなかったんですが、また電池切れですか？　あるいは故障とか？」

「えっ、そんなはずは」

葛城はポケットから携帯電話をとりだして開いた。

「あっ……電源をオフにしていました」

「は？」

「どうやら映画館に行った時にオフにして、そのまま忘れていたようです。最近、全然電話もメールも来ないなと思ってはいたのですが、これはうっかりしていました」

大変失礼しました、と、葛城は涼しい顔で頭をさげる。

「嘘だろ……！」

さすがの瞬太も、これには愕然とした。

祥明はあまりのことに絶句している。

「……キツネ君、葛城さんには携帯番号もメールアドレスも教えないでいいよ」

祥明がテレビに顔をむけて淡々と語ると、瞬太も、そうだね、と、テレビにむかってうなずく。

「えっ、私は瞬太さんの叔父ですよ!?」

「だっていつも連絡とれないし」

「もう二度と映画館には行きませんから！　充電も毎晩しますから！」

「本当かな……」

「そうだ、電源が入っているか確認するために、毎日、おはようとおやすみの電話をしますよ。名案でしょう!?」

葛城の一所懸命な提案に、瞬太はプッとふきだしてしまう。

祥明も大笑いしたいのを我慢して、肩をふるわせながら言う。

「葛城さん、恋人じゃないんですから」

その夜、瞬太ははじめて、妖狐の叔父とおやすみメールを交換したのであった。

第三話

ミッション・インポッシブル　〜女スパイ律子のプリン事件簿〜

一

十一月にはいると、すっかり秋も深まり、朝晩はだいぶ冷え込むようになってきた。

校庭のイチョウの葉も、ほんのり色づいてきたようだ。

「沢崎(さわざき)君、聞いてる？」

「う……？」

「もちろんですよ！」

みどりにピシャッと背中をたたかれ、瞬太(しゅんた)ははっとして顔をあげた。

左にスーツ姿のみどり、右にネクタイをしめた吾郎(ごろう)、正面に山浦(やまうら)先生。

そうだ、進路指導室で三者面談中だった。

両親が二人とも来てしまったので、瞬太の場合は四者面談だが。

「十月の中間テストの赤点は、数Ⅰでした」

苦(にが)い顔で重々しく山浦先生が告げると、みどりは驚いた顔をする。

「数Ⅰだけですか⁉」

「頑張ったな、瞬太！」

吾郎も大喜びだ。

なにせこれまでは、最低でも二教科、多い時は四つも五つも赤点をとってきたのである。

今回瞬太の赤点が一教科にとどまったのは、お稲荷(いなり)さまのご加護だとか、祥明(しょうめい)の特訓の成果だとか、ついに吾郎の青魚ＤＨＡ作戦が成功したのだとか、はたまた、むなしい補習にこりた先生たちがテスト問題の難易度を限界までさげたからだとか、さまざまな憶測がとびかっているが、真実のほどはさだかではない。

「努力は認めるということで、数学の先生からも、期末での挽回を期待するという伝言をいただいています」

山浦先生はひきつった笑いをうかべつつも、額の青筋をピクピクさせている。

赤点をとって喜ぶ保護者なんて信じられない、と、内心では怒ったりあきれたりしているに違いない。

「この調子なら、三月には卒業できそうですか!?」

先生の心も知らず、吾郎がうきうきと尋ねる。

「期末テストと学年末テスト次第ですね。沢崎君は単位がまったくたりていませんから」

山浦先生はきれいな声で冷ややかに答えた。

「そうですか。青魚作戦は当面継続で……」

「頑張ろうね、瞬ちゃん！」

「う、うん」

どう頑張ればいいのかよくわからなかったが、とりあえず瞬太はうなずいておく。

「ところで沢崎君は就職希望ですが……」

先生が本題に入った途端、沢崎家の三人は一斉に下をむく。

高校三年の十一月の三者面談というのは、そもそも、進路についての最終確認をするための場なのである。

進学希望者は受験する大学、あるいは専門学校を確認し、就職希望者は就活先を確認する。

赤点や卒業が焦点の三者面談は、おそらくこの学年では瞬太一人だ。

「うちの高校に求人をくださっている企業やお店もたくさんありますが、当然ながら、三月卒業見込みが条件です」

「そうでしょうね……」

みどりは頬に手をあてて、ため息をついた。

「まずは卒業のために全力で勉強してください。というか、寝ないでください。沢崎君、おきてる!?」

「え？　あ？　お、おきてるよ！」

へへへ、と、笑ってごまかしながら、瞬太はこっそり手の甲でよだれをふく。

「では、今日のところはここまでで。ご足労ありがとうございました」

それ以上は話しても無駄だと思われたのか、沢崎家の三者面談はあっさり終了した。

土曜の午後なので、三者面談の予定がぎっしり入っており、瞬太にばかり時間をさいていられないのだろう。

沢崎一家と入れ違いに進路相談室へ入っていくのは、三井とその父であった。

無難なグレーのスーツを着込んだ三井の父も、若干緊張ぎみではあるが、それ以上に、いつになく顔がこわばっているのは三井本人だ。

いつもほんのりピンク色をしている頬からは血の気が失せ、唇はきつくひきむすばれている。

まるでこれから決戦におもむく侍のようだ。

文化祭の手相占いの時に言っていた通り、きっと、美大への進学を父親が反対しているのだろう。

すれ違いざま、瞬太は三井に、頑張って、の気持ちをこめて、目でうなずいた。

三井も、頑張る、と、目で瞬太にうなずくと、進路指導室に入っていった。

「今の、三井さんよね？　なんだか緊張感がすごくて、声をかけそびれちゃったけど」

みどりが廊下を振り返りながら言う。

「お父さんが美大への進学に反対してるみたい」

「三井さんは美大志望なの？　まあ普通、親は反対するわよね。プロの画家やイラストレーターになれる人なんてそうそういないし、就職先も限られるし」

「ううん、そういうことじゃなくて」

「じゃあ学費？」

「でもなくて、なんだか、女子大に行かせたいらしいよ。それもお嬢様が行くような」

「あらまあ」

「一人娘だから、いろいろ父親なりの夢や希望があるんだよ。しかもあんなに可愛(かわい)らしいお嬢さんだから、悪い虫がつかないかさぞかし心配だろう」

吾郎はわかるなぁ、と、うんうんうなずいた。

「でもうらやましいわね。どこの大学を受験するかでもめるっていうのは、成績がそれなりの水準に達しているからこそよね。うちなんか、それ以前の問題だし」

「おれ、卒業できるのかなぁ」

思わず一家三人で白い雲を見上げてしまった秋だった。

二

西空にひろがる雲がグレーがかったオレンジに染まる夕暮れ時。

三者面談を終えた瞬太が、階段の掃除に精をだしていると、王子(おうじ)駅の方から樟脳(しょうのう)の臭いがぷーんとただよってきた。

衣替えの季節のお約束だ。

「こんにちは、瞬太ちゃん」

ここ一ヶ月ほど顔を見せなかった仲条律子が、久しぶりにプリンを持って陰陽屋にあらわれたのである。

古風なベージュのトレンチコートと、その下のニットのカーディガンが、ダブルで樟脳の臭いをふりまいているようだ。

「祥明さんいるかしら?」

いつもは瞬太がプリンを食べている間、ちょっとおしゃべりをしたら帰るのだが、今日は珍しく祥明に用事があるらしい。

「いるよ。中へどうぞ」

瞬太はテーブル席の律子と祥明にお茶をだすと、小ぶりのマグカップに入ったプリンを保冷バッグからとりだした。

あたりにふわりとバニラの香りがひろがる。

「今日は新作なのよ」

「栗のプリンだ! とろっとろでめちゃうまだよ! ばあちゃんは本当にプリン作りの天才だな」

「あらそうかしら」

瞬太が満面の笑みでプリンを口にはこぶと、律子も嬉しそうに答える。

「ところでばあちゃん、何か祥明に用があるの？」

「そうなの」

律子はすっと背筋をのばして、祥明の方をむく。

「霊障(れいしょう)相談をお願いしたいんです」

律子はあらたまった口調で祥明に切りだした。

「何かありましたか？」

祥明は内心、かなり驚いているはずだが、平静を装って続きをうながす。

「実は夫が最近、あたしのことをマリリンってよぶことがあるんです。マリリン、愛してる。マリリン、結婚してくれ。一度や二度じゃないのよ。きっと悪い霊にとりつかれたんだと思うの」

「マリリン!?」

「そう、マリリン」

律子は渋い顔で、ずずず、と、お茶をすすった。

「それって、もしかして、に……」

認知症じゃないのか、と、言いそうになったのだが、祥明にきつくにらまれて、瞬太は慌(あわ)てて口を閉ざした。

「昨夜も、ずっとマリリンに会いたかった。マリリンのことが好きだった。律子とは別れるから、僕と一緒になってほしい、って、手を握って口説(くど)かれたわ。もちろんきっぱりと断りましたけどね」

律子はフン、と、鼻をならす。

「それは複雑ですね……」

「マリリンって、もしかしてあのセクシーな金髪の女優さん?」

「まさか。いくら何でも、あたしをマリリン・モンローと間違えるわけがないわ。そもそも夫は吉永小百合派(サユリスト)なの。だからマリリンっていうのは間違いなく浮気相手の名前よ。腹が立つったら」

律子は膝の上においた手をぎゅっと握りしめた。

「毎日マリリンってよばれてるの?」

「そうでもないのよ。時々マリリンになるけど、大抵は母さんね。母さんの時は、あたしが妻の律子だってわかってる時よ」

仲条夫妻は、お互いのことを名前ではなく、お父さん、母さんと呼びあっているらしい。

「ずっと家出していた娘の杏子と夫もやっと仲直りできたし、老後を二人でゆっくりすごそうと思っていたのに、まさかこんなことになるなんて。情けないったらありゃしないわ」

「ばあちゃん……」

「とにかくそのマリリンって人がどんな女だか気になるから、大至急調べてくれない？　たぶんマリかマリコの愛称だと思うけど、ひょっとしたら本当にマリリンっていう名前の外国人かも」

「心中お察ししますが、うちは興信所ではないので……」

「だから霊障だって言ってるでしょ！」

律子は強い語調で祥明に迫った。

以前、群馬の広大な農家で遺言状探しをした時、どの探偵も発見できなかったのに、祥明が見つけだしたことがある。

さらに、仲条夫妻の家出した娘の杏子を捜しだしたのも祥明だ。

そんなこんなで、律子は興信所の探偵よりも祥明の方が優秀だと固く信じているのである。

「……わかりました。お約束はできませんが、可能な限り調べてみます。そのためには調査の手がかりをいただくことが必要ですが」

「過去の同窓会名簿と年賀状だったら、もうチェックしたわ」

杏子捜しの経験が役に立ったようだ。

「マリリンらしき人は見つかりましたか？」

「ええ、こんなに」

律子は白い便箋を五枚ばかり祥明の前にひろげて置いた。

便箋には、マリ、マリコ、マリエ、マリナなどの名前をもつ女性たちの氏名と住所がずらりと書きだされている。

ざっと百人はいるだろうか。

「これは律子さんが？」

「ええ、同窓会名簿で同級生を拾ったんだけど、主人が通っていた大学の同級生だけで八十人はいるわね」

「そんなに⁉」

瞬太は愕然とした。

一学年が数千人規模の大学だったらしい。

それをいちいち書きだしたというのだから、おそるべき執念である。

「幸い中学、高校は男子校だったから除外したわ。でも問題は会社よ。学校と違って、社員名簿なんてないのよ。もちろん人事部にはあるんでしょうけど、社員に配布したりはしないし。年賀状で拾えたのは五人くらいね」

「候補者が多すぎるので、同じ学部の人だけに絞りこんではいかがでしょうか？」

「あら、学部が違っても、教養の授業やサークル活動で知り合う機会はあったはずよ」

「それはそうですが」

「でもさ、ばあちゃん、そんなこと言ったら、上の学年や下の学年も……」

テーブルの下で祥明が瞬太のすねを蹴ったが、時すでに遅かった。

「その通りよ、瞬太ちゃん！　あたしもそれは気がついてたんだけど、老眼だし目がしょぼしょぼしちゃって、これ以上は同窓会名簿を見られなかったの。でも若い瞬太ちゃんの目なら大丈夫よね！」

「ええっ!?」

やぶへびである。

自慢ではないが、小さな文字は大の苦手で、辞書も新聞も五分と見ないうちに熟睡してしまうのだ。

「待ってください、仲条さん、このままでは誰がマリリンなのか皆目見当がつきません」

「じゃあどうすればいいの?」

「直接ご主人から聞きだすのが一番確実です。ご主人が仲条さんのことをマリリンと間違えている時に、初めて会った時のことを覚えている? などの質問をして、さりげなく情報を聞きだしてください」

「なるほど、誘導尋問ね」

律子は眼鏡の黒いフレームに手をかけ、大きくうなずく。

「わかったわ。やってみましょう」

その時、律子の目がギラッと輝いたのであった。

律子を見送った後、瞬太は大きくため息をついた。

「だんなさん、認知症がはじまってるんじゃないのかな……」

仲条氏には二年前の春、律子が軽い心筋梗塞をおこした時に、板橋の病院で会ったきりだが、典型的な頑固おやじで、心身ともに壮健に見えた。

その前の年に病気で入院したらしいが、もうすっかり完治したはずだ。

あの頑固おやじが、と、瞬太はとまどいを覚えずにはいられない。

老後を二人でゆっくりすごそうと思っていたのに、まさかこんなことになるなんて、という律子の言葉は本心だろう。

「認知症かもしれないし、それ以外の疾患かもしれない。だが、そんなことは律子さんもわかってるさ。もともと心霊現象はまったく信じない人だ。だがそれとは別に、マリリンという女性が実在するかどうかがどうしても気になって、霊障という口実でおれたちに探させようとしているんだろうな」

「そうか、実在しない可能性もあるんだね」

「なにせマリリンだからな。もし実在しているとしたら、大学の同級生のマリさんやマリコさんよりも、むしろ、池袋あたりのフィリピンパブのホステスじゃないか？」

祥明の衝撃的な推測に、瞬太はひっくり返りそうになった。

そういう可能性もあるのか。

もし本当に外国人のホステスに貢いでいたりしたら、律子は激怒するにちがいない。

「……最悪の場合、離婚もありなのかな……」

「さあな。おれたちにできることは、マリリンという名前がどこからでてきたのか調べることだけだ。存外、本当に悪霊の仕業かもしれないぞ？」

祥明は肩をすくめ、口もとを扇で隠した。

三

その夜の沢崎家の夕食は、イワシのマリネとローストチキンだった。つけあわせはきのこのサラダだ。

「瞬太の赤点が一個だけだったなんて、鯛の尾頭つきでお祝いしたいところだけど、やっぱり青魚作戦を優先しないとね」

「うん」

吾郎のメニュー解説に、瞬太はうなずく。

「元気がないな。やっぱり鯛の方が良かった？」

「……じゃなくて、ちょっと今日、陰陽屋で気になる相談があったんだ。だんなさんが認知症かもしれなくて……」

「何か症状がでてるの？」

瞬太は今日聞いた話をみどりに伝えた。さすがに律子の名前は伏せたが。

「ああ、そういう話、他にも聞いたことあるわ。高校の先輩のお父さんが認知症で、時々、心が三十年前に戻っちゃうんだけど、なんと当時、単身赴任先で浮気してたことが発覚したって言ってた。そのパターンかもね」

「あるあるなんだ」

「三十年前の浮気は時効でいいんじゃないかな」

吾郎はすっかりお父さんに同情的だ。

「やっぱり認知症だと思う？」

「認知症以外にもいろんな可能性があるけど、まずは、ものわすれ外来を受診するようすすめてみたら？」

「本人が嫌だって拒否したら？」

あの頑固おやじが、そうそう素直に検査に応じるとは思えない。

「そういう人には、人間ドック、夫婦で申し込むとペア割引がつくから一緒にどう？　って誘うのがおすすめよ。脳のＭＲＩつきのコースにするのがポイントね」

「さすが母さん、頼りになるなぁ」

「ナースの出番なんて、ないにこしたことはないんだけど」

口ではそう言いながらも、瞬太に頼られて、みどりはちょっと嬉しそうだ。

「やっぱり人の役に立つ仕事っていいよね。もちろんおれに看護師は無理だけど」

律子にはいつも美味しい手作りプリンの差し入れをしてもらってるし、少しでも今回の相談の手助けになれればいいなと思う。

とはいえ、マリリンを探しだすのは、家出した杏子を捜しだした時よりもはるかに大変そうだ。

みつかったらみつかったで、浮気の事実が確定してしまうかもしれないし。

瞬太はジューシーなローストチキンを頬張りながら、うーん、と、考えこむ。

なんとなく悲しみの気配がただよってきたのを感じて、瞬太は顔をあげた。

吾郎が「どうせ父さんは役に立つ仕事してないよ……」と言わんばかりの表情をしているように見えたのだ。

「しゅ、主夫の仕事もすごく人の役に立ってると思うよ！　このイワシのマリネ最高だし！」

「え？　そう？」

吾郎はとまどったように目をしばたたいたが、すぐにいつもの笑顔になる。

「青魚は大事だからな。いっぱい食べるといい」

その夜、瞬太は、自分の身体（からだ）から酢っぱいにおいがするんじゃないか？と思うくらい、イワシのマリネを食べまくったのであった。

四

月曜日はねずみ色の雲が空をおおう、陰鬱（いんうつ）な天気だった。

雨が降りださないうちに、と、瞬太が大急ぎで階段を掃いていると、例の臭いが商店街からただよってくる。

再び律子が陰陽屋へあらわれたのだ。

樟脳がしみこんだトレンチコートは先週と同じだが、なぜかサングラスをかけている。もしかして気分は女スパイなのだろうか。

保冷バッグの中の差し入れは、コーヒープリンだった。生クリームのなめらかな舌ざわりに、薄いチョコレートのパリッとした食感がアクセントになっている。

「すごく美味しいよ！　ありがとう。今日は甘さ控えめで大人の味だね」

「そんなに美味しい？　じゃあまた作ってくるわね」

嬉しそうにプリンを頬張る瞬太に、律子はにこにこ笑いながら答えた。

「ところで祥明さん、例の件だけど」

突然、律子の声も表情も険しくなる。

「昨日の夜、また主人があたしのことをマリリンってよんだから、初めて会った時のことを覚えているかきいてみたわ」

いつもはマリリンとよびかけられると不愉快になるのだが、昨日は違った。

チャンス到来、と、むしろ胸が高鳴ったくらいである。

律子の問いに、夫は照れたように頬を染めた。

「覚えているよ。あれは桜舞い散る四月の朝。清楚な紺のスーツ姿の君が、どんなにまぶしかったことか……。まさに運命の出会いだった」

律子は一瞬イラッとし、この浮気者、と、叫びたかったが、ぐっと我慢した。

今、自分は、誘導尋問中なのである。

「それで？」

「君がきれいな声で話しはじめたから、僕はひたすらうっとり聞いていた、ですって」

夫の鼻の下が長くのびる。

「主人のあんなにやけ顔を見たのは、はじめてよ」

律子は悔しそうに言った。

「他には？」

「すごく、きれいだった。そして、甘い香りがした」

残念ながら、それ以上のことは聞きだせなかったという。

「誘導尋問、お疲れさまでした」

「いいえ、あたしの依頼ですから」

律子はしゃきっと背筋をのばし、しかつめらしい様子で答える。

「しかし紺のスーツ姿ということは、入学式でしょうか？　入社式もありですね」

「そうね。でも甘い香りっていうことは香水でしょ？　主人が大学生だったのは半世紀も前のことだし、入学式に香水をつけてくる女子学生はほとんどいなかったんじゃないかしら」

「つまり、入社式の可能性が高いということですね」

八十人の同級生たちが候補からはずれて、祥明と瞬太はほっと胸をなでおろした。

特に瞬太は、これで上の学年と下の学年のマリリン候補者リストの作成から解放されるとあって、肩の荷をおろした気分である。

何より、外国人ホステスの線も消えたようで一安心だ。

「でも、ここからどうしぼりこめばいいのかしら？」

「そうですね、一緒にでかけた思い出の場所などを聞いてみてください。律子さんにとっては不愉快な思い出かもしれませんが」

「大丈夫よ。マリリンを見つけだすためなら火の中、水の中だわ」

女スパイ律子は不敵なほほえみを見せた。

五

火曜日の放課後。

瞬太は久しぶりに、陶芸室をのぞいてみた。

火曜日は陶芸部の活動は休みなのだが、三井は一人で、電動ろくろをまわしている。両手を使い、あっという間に茶碗の形を作っていく姿は、さすがに慣れたものだ。

「あれ、沢崎君？」

窓からのぞいている瞬太に気がついて、三井は手を止めた。泥のついた両手を洗って、廊下にでてくる。

「どうしたの？」

「土曜日の三者面談どうなったのか気になって……。昨日も元気なかったみたいだし」

「うん、決裂だった」

三井は、ふふふ、と、かわいく笑って肩をすくめる。

「先生の前で父と大げんかになって、今週の土曜日に三者面談やり直すことになっちゃった。土曜日までに話し合って来なさいって」

「お母さんは何て言ってるの？」

「母は今、ネパールなの。今月中には帰ってくるって言ってたけど」

三井の母は登山家なので、たぶんネパールの山に登りに行っているのだろう。

「そうか。お母さんが味方してくれるとよかったのにね」

「うーん、母もアウトドア派だから、どうかなぁ……。でも大丈夫、父が何と言おうと、あたしは行きたい大学を受けるだけだから」

どうも三井は、父親と話し合おうとか、父親を説得しようとか、そんな気持ちはないようだった。

むしろ、無駄なことに時間やエネルギーを使いたくないとすら考えているふしがある。

無理もない。

ずっと放任だったくせに、急に父親面してあれこれ言ってくる方が図々しいのだ。

「でも、おれにはよくわからないんだけど、受験料とか、入学金とか、けっこうかかるんじゃないの？」

「そうなの。第一志望の東京芸大は国立だから、受験料もそこそこだし、お年玉の貯金で何とかなりそうなんだけど、私立の美大も二校は受けておきたいし。とても入学金は払えそうにないから、お祖母ちゃんに借りるしかないかなって、とらぬ狸の皮算用してるんだ。まだ合格してもいないのに、早いよね」

「陶芸家になるために覚悟を決めてるんだな」

「えっと、実は、陶芸家になれる自信があるかってきかれると、そうでもないんだけど……。でも、ほら、陰陽屋の店長さんが、陶芸家が無理でも、陶器屋さんとか、陶芸に関わる仕事につけばいいって背中を押してくれたから。お店の隅っこに自分で作ったお茶碗やお皿を並べて売るのもいいかなって」

そんなことを考えてたら、さっきもいつのまにか茶碗を作ってたんだ、と、照れたように笑う。

「ああ見えて祥明のヤツ、まあまあ役に立つこと言うんだよな」

江本と岡島もすっかりその気になっていたし、と、瞬太は心の中で舌打ちする。

「おれも何か、三井の役に立てればよかったんだけど」

「立ってるよ。手相占いで、大丈夫だって言ってくれたじゃない」

「えっ、うん……」

たしかにこの頭脳線なら大丈夫だと太鼓判を押したのは自分だが、実際には、現在絶賛こじれ中なので、役に立ったと言っていいのか微妙なところだ。

むしろ余計なことを言ったのでは、と、責任を感じてしまう。

「あと、新聞部のハンドマッサージすごく助かったって、うちのクラスの漫研の女子たちがほめてたよ。パソコン部の浅田君も、面と向かってはお礼言わないだろうけど、心の中では感謝してるんじゃないかな」

「えっ、そうなの?」

瞬太は目をキラッとさせた。

そう言われれば、文化祭で、数多くのゾンビ化した勇者たちをほぐしたものだ。

「ありがとう、三井。おれ、時間だから陰陽屋行くね」

「うん、頑張って」

結局、三井の役には立てなかったが、いいヒントをもらってしまった。

ハンドマッサージか。

瞬太は足取りも軽く陰陽屋へむかったのであった。

六

その日の夕暮れ時に、またも女スパイ律子が陰陽屋にあらわれた。二日連続だ。だいぶ樟脳の臭いがぬけてきたトレンチコートにサングラス、そして今日は黒の革手袋をはめている。

保冷バッグからでてきたのは、昨日とは一転して、バニラの甘い香りがするミルクプリンだった。

「オレンジのソースが味も見た目もすごくきいてるね。さすがばあちゃんはセンスがいいなぁ」

「ありがとう、瞬太ちゃん。工夫した甲斐があったわ」

律子は嬉しそうに答える。

「でもね、マリリンも料理上手な女だったみたいなの。こっそりクッキーを焼いてきてくれたことがあるんですって！　あと、ハイキングに行ったことがあるって言ってたわ」

苦々しげに律子は舌打ちした。

「ハイキングですか」

「ええ、ハイキングですって。主人の学生時代は合ハイが大流行していたらしいから、最先端のデートだったんじゃないかしらね」

「ゴウハイ?」

祥明と瞬太がきょとんとしていると、律子が解説してくれた。

「合ハイというのは合同ハイキングの略語で、合コンが台頭する前は、合ハイが重要な出会いの場だったのよ」

「へー。ばあちゃんもその合ハイっていうの、行ったことあるの?」

「あたしが成人した頃はもう合ハイは下火だったし、そういうの興味なかったから」

おそらく律子は今と同じで、ちょっと堅苦しいくらい生真面目な女子大生だったのだろう。

「じゃあだんなさんとはどこで知り合ったの?」

「お見合いよ。親戚に縁談をとりもつのが大好きな伯母(おば)さんがいたの」

「お見合いかぁ」

「こう見えてもあたしは有名な私立の女子大出身だから、縁談はたくさんあったのよ」

律子は、フフン、と、胸をはった。

「女子大⁉」

瞬太はドキッとする。

「女子大ってもてるの？」

「少なくとも、合コンではひっぱりだこだって聞いたわ」

「へ、へぇ……」

瞬太の背中を滝のような冷や汗がだらだらと流れていく。

きっとばあちゃんの聞きまちがいだ。そうに違いない。そうであってくれ……！

律子は、コホン、と、咳払いをした。

「あたしのことはいいから。問題はマリリンよ」

「ご主人と同じ会社に勤めていた人に聞いてみてはどうでしょうか？　職場にマリリンというニックネームの女性がいなかったか」

「もう定年退職して十年になるし、連絡がつく人なんているかしら……。いえ、弱気は禁物ね。もう一度、すべての年賀状を精査してみます」

女スパイは鼻息も荒く宣言する。

明日あたり、スカーフで髪を包んで、真っ赤な口紅を塗ってくるかもしれないな、と、瞬太はこっそり想像した。

七

その夜、沢崎家は久々に鍋（なべ）だった。サンマと油揚げと野菜類がぐつぐつと煮込まれ、美味しい匂いが家中にひろがっている。

「おれ、ハンドマッサージの店をやることにしたよ！」

瞬太の突然の宣言に、みどりと吾郎は箸をとめた。

「ハンドマッサージって、文化祭の前に特訓してたあれのことかしら？」

「うん、文化祭でけっこう評判良かったんだ」

昼間は眠くなってしまったが、夕方から深夜にかけて営業する店なら、自分でもやれそうな気がする。

柊一郎（しゅういちろう）も、瞬太は接客業にむいていると、太鼓判を押してくれた。

何より、ハンドマッサージなら、高校を卒業できなくても問題なさそうなところがいい。

「そんなに評判良かったの？　母さん今年は大ちゃんのおもりをしてたから、文化祭には行けなかったのよね」

「父さんは何度か練習台になったけど、たしかに瞬太のハンドマッサージはなかなかだったよ。久しぶりにまたやってもらいたいくらいだ」

「いいよ」

瞬太は機嫌よく答える。

夕食後、瞬太は早速ハンドマッサージ屋を開設した。まずはみどりからだ。

「てのひらだけじゃなくて、指先や手首まで全部ほぐすのが大事なんだよ」

「てのひらのツボは全部覚えたの？」

「覚えきれなかったけど、てのひらに書いておいて見ながらやればいいってことがわかったから大丈夫」

岡島のおかげだな、と、瞬太は心の中で感謝する。

「あ、でも、肩こりのツボはだいたい覚えてるよ。アニメチームはみんな肩こりだったから」

瞬太はていねいにみどりと吾郎のてのひらをほぐした。

「てのひらがぽかぽかして、なんだか身体があたたまった気はするけど、ちょっとものたりないかなぁ。どうせなら足の裏もやってくれよ」

吾郎のリクエストに、瞬太は困り顔になる。

「ごめん、足ツボは全然わからないんだ」

「適当に押してくれれば大丈夫だから」

「そうなの？　じゃあちょっと横になって」

早速吾郎がソファに寝そべった。

「えーと、足の裏も指からほぐせばいいのかな……って、臭（くさ）っ！」

瞬太は鼻を押さえてぴょんと後ろにとびすさった。

すっかり忘れていたが、そういえば吾郎の足はなかなかに臭（にお）うのだった。

「あっ、ごめんごめん、足洗って来るよ」

吾郎は慌てて靴下を脱ぎ、風呂場で足を洗ってきたが、強烈に鼻をやられたせいか、頭がくらくらする。

「ごめん、今日は店じまいで……」

瞬太の将来計画は、その日のうちに暗礁に乗り上げたのであった。

八

翌日は朝から雨が降り続く、肌寒い日だった。

そろそろ律子が来る時間だが、今日のプリンは何だろう。

瞬太がいそいそと店内ではたきをかけていたら、予想とは違う靴音が聞こえてきた。女性の靴音だが、律子とは違う。

瞬太が黄色い提灯を片手に店の入り口まで走ると、そこには三十代後半くらいの女性が立っていた。

オレンジ色のハーフコートに、紺のジーンズ、黒いショートブーツ。

首すじからふんわりとたちのぼるのは、いまどき珍しい白粉の香り。

「……杏子さん!?」

律子の娘の杏子である。

瞬太は杏子をテーブル席に案内すると、休憩室でごろごろしている祥明をよんだ。

「お久しぶりです。その節はお世話になりました」

杏子は旅の一座で役者をしているのだが、週末に東京公演があるので、昨夜から板橋の自宅に泊まっているのだという。

「もしかして、ご両親のことですか？」

祥明の問いに、杏子は顔をくもらせる。

「はい。実は、母の様子がおかしいと父から相談を受けまして……」

「お父さまから？」

祥明は目をしばたたいた。

瞬太もお茶をだしながら、首をかしげてしまう。

間違えて、逆に言っているのではないだろうか。

「ええ、挙動不審というのでしょうか。母は最近、かなり頻繁にでかけるし、父に隠れて、こそこそ電話をかけたりしているそうです。昨夜も寝言で、ハイキングが、と、言っていたとか。ずばり、浮気ではないでしょうか!?」

杏子はぐいっと身体をのりだした。

勢い余って、お茶のはいった湯呑みをひっくり返してしまいそうだ。

「あるいは年甲斐もなく、若いホストにでも入れあげているのではないかと、あたしも父も心配で心配で……！」

「それは違います」

にっこりと営業スマイルをうかべて、祥明は答えた。

びみょうに唇の端がゆがんでいるのは、きっと、苦笑いを我慢しているのだ。

「なぜそう断言できるんですか？」

「律子さんが頻繁に通っておられるのは、当店ですから」

「ええっ、いい年して店長さんに貢いでるんですか……！」

杏子は、バン、と、両手でテーブルをたたいて、立ち上がった。

瞬太は急いで両手にそれぞれ湯呑みを持ち、テーブルからはなれる。

「信じられない！　恥を知れってこのことですよね！　娘のあたしよりも年下の男性にうつつをぬかすなんて！」

「違います。律子さんが愛しているのはご主人ですよ」

「そんなきれい事を言われても、ぜんっぜん信用できません！　そもそも律子ってファーストネームでよんでいる時点であやし過ぎます！」

杏子は怒り心頭といった様子でテーブルをバンバンたたき、祥明につめよった。

思い込みの激しさは相変わらずだ。

言われてみればたしかに、最初は「仲条さん」だったのが、いつのまにか「律子さん」にかわっているが、深い意味はまったくない。祥明は、瞬太の母のみどりも、上海亭の江美子も、みなファーストネームでよんでいるのだ。

「違うよ、プリンのばあちゃんはそんなことしない！　浮気してるのはお父さんの方だよ！」

「キツネ君！」

「あ……」

瞬太は、しまった、と、思うが、もう遅い。

「どういうことですか？」

杏子はかなり疑っている様子だ。

「実は先に律子さんの方が、ご主人の浮気を疑って、当店に相談にみえたんです。寝言……そう、寝言でご主人が、マリリン、ずっと好きだった、律子とは別れるから結婚しようと言ったそうですよ」

　祥明は依頼内容を一部オブラートにつつんで説明した。

「ただの寝言でしょう？」

「何度も言ったようです。それで律子さんは、マリリンという女性のことを調べてほしいと相談にみえていたんです」

「信じられない……」

　杏子は腕組みをして、店内をぐるぐる歩きまわる。

「父も人間だし、絶対に浮気をしないとは言い切れないけど、でも、マリリンはいくらなんでも……。やっぱりただの寝言じゃないでしょうか？　それとも母の勘違いとか」

「その可能性ももちろんありますが」

　杏子はぴたりと足を止めると、両手を腰にあて、祥明の方をむいた。

「こうなったら、直接、本人に問いただすしかないですね！」

「えっ⁉」

　止める間もなく、杏子は店の外へとびだして行ったのである。

瞬太は三角の耳の裏側をポリポリかきながら、祥明の顔を見上げた。

「どうしよう。杏子さん、板橋まで帰ったのかな」

「たぶんな」

あーあ、と、二人はため息をつくが、あの調子では、追いかけて事情を説明しても、聞く耳をもたないに違いない。

板橋の仲条家まで、往復一時間はかかるだろう、と、予想していたところ、三分ほどで杏子は陰陽屋へもどってきた。

仲条氏は、なんと、陰陽屋のすぐ近くにある喫茶店で待機していたのである。

「連れてきました」

杏子に腕をひっぱられ、連行されてきた父親は、いかにも不本意そうな、ぶすっとした不機嫌顔だった。

頭髪は真っ白なのに、眉だけ黒くてふさふさなのはあいかわらずで、さほど老け込んだようには見えない。

「どうも」

「お久しぶりです、仲条さん。どうぞおかけください」

祥明にすすめられ、父娘はテーブル席につく。

「先に申し上げておきます。律子さんは浮気はしていません」

「そんなことはわかっている」

「よく言うわよ、あんなにおろおろしていたくせに」

「うるさい、おまえは黙ってろ」

長らく家出をしていた娘とその父親とは思えないくらい、自然な調子だった。

「その後、おかわりはありませんか？」

祥明が当たり障りのない話からはじめようとした時。

「お父さん、マリリンって人と浮気してるの⁉」

いきなり杏子が切りこんだ。

「お、おまえ一体何を言ってるんだ⁉」

「寝言でお母さんに言ったらしいよ。マリリン好きだ、愛してる、とかなんとか」

娘の糾弾に父はたじろぎ、頰を染めた。

「そ、そんな破廉恥なこと、たとえ夢の中でもマリリン先生に言うわけがない！」

否定しつつも、頰の赤さは隠せない。

「先生？」

「緒方鞠絵先生、小学校五年生の時の担任の先生だ」

「えっ⁉」

驚きの声をあげたのは瞬太だ。

まさか先生だったとは。

祥明も扇を開き、口もとを押さえて、驚きを隠した。

「お父さん、小学校の時の先生が好きだったの⁉　今でも夢に見るほど⁉」

「まったく記憶にないが、そうか、母さんに聞かれたのか。クソッ」

頑固おやじは、がらにもなく、顔を真っ赤にして毒づく。

おそらく初恋だったのだろう。

「夢の中で先生とハイキングに行ったらしいですよ」

「ハイキング？　上野の森の、動物園や博物館に行った時のことかな」

「なーんだ、ただの遠足かぁ」

瞬太が言うと、キッ、と、仲条に険しい視線をむけられた。

「ただのとは何だ、失敬な。先生はわざわざクッキーを焼いてきてくれたんだぞ。ココア味の熊さんクッキーは絶品だった」

「お父さんって、昨日の晩ご飯のことは覚えてないくせに、昔の記憶はこまかいよね」

「うるさい、年寄りというのは皆、そういうものだ」

「マリリン、もとい、鞠絵先生は、きれいな方だったんですか？」

「うむ。原節子（はらせつこ）と吉永小百合（よしながさゆり）を足して二で割ったような人だった」

「はらせつこ？」

「昔の女優さんだ。正統派美人の代表といっていい」

祥明の解説に、仲条も、うむうむ、と、うなずく。

「でも鞠絵先生って、もう相当なお婆ちゃんでしょう？　同窓会で会ったりするの？」

「卒業後は一度も会ってない。なんでも、随分前に、亡くなられたそうだ」

「それでお父さんの中では、マリリン先生は永遠に若くてきれいなままなのね。はー、やれやれ」

「うるさい。帰るぞ」

仲条は帽子をつかむと、乱暴に自分の頭にかぶせ、ドアにむかって大股に歩きだした。

「お騒がせしてすみませんでした」

杏子もぺこりと頭をさげると、父の後を追いかけていく。

季節外れの台風のような父と娘に、祥明と瞬太はあっけにとられ、黙って顔を見合わせたのであった。

九

その頃、沢崎家では、日勤から帰ったみどりがダイニングテーブルでのんびりコーヒーを飲んでいた。

「ゆうべの瞬太のハンドマッサージ計画、悪くないと思うよ。化けギツネの山田さんが言ってたシリコンの鼻栓を使えば、足裏が臭いお客さんでも大丈夫じゃないかな?」

山田さんこと月村佳流穂が語っていたところによると、シリコンの鼻栓とマスクを併用すれば、化けギツネの鋭敏すぎる嗅覚を封じ込めることができるらしいのだ。

エプロン姿の吾郎が、餃子の皮をせっせと包みながらみどりに話しかける。

「そうね。でも、ハンドマッサージなら高校を卒業できなくてもやれるってところに、あの子がとびついてるのが見え見えじゃなかった？」

「瞬太は考えていることがいつも顔にでるからなぁ」

吾郎はプッと苦笑をもらした。

「いずれ呉羽さんか葛城さんから、シリコンの鼻栓のことを教えてもらったら、また言いだすかもしれないね」

「人の役に立つ仕事がしたいとか、なかなか健気なことも言ってたけど、文化祭でハンドマッサージが好評だったのが、よほど嬉しかったのかな？」

「たいていの仕事は、まわりまわって、人の役に立ってるものだけど、そこまで考えがおよばないところがまだまだ子供なのよ」

みどりはため息をつきながらも、どこか楽しげである。

「でも瞬太が迷わず就職を選んだのは、やっぱり自分が養子だから、うちの家計に負担をかけちゃいけないって遠慮しているんだよね。三年前に僕が勤めていた会社が倒産しなければ、かなり状況は違っただろうに……」

「それはどうかしら。あの子の勉強嫌いは筋金入りよ」

「それもそうか」

ひとしきり二人は笑いころげた。

「あの子のおかげで、楽しい十七年間だったわ」

「あと少し、うちでゆっくりしてくれるといいんだけどなぁ……」

二人をおだやかな沈黙が包みこんだ。

十

翌日、今度は律子が杏子とともに陰陽屋へあらわれた。

「昨日は失礼なことを言ってすみませんでした。あたしってば、すっかり父の言葉を鵜呑(うの)みにして、母が店長さんに貢いでるんだとばっかり。あの後、母から全部ききました」

杏子は深々と頭をさげる。

「まったくもう、落ち着いて考えれば、あたしがそんなことするわけないってわかりそうなものなのに。でも杏子ちゃんの勇み足(いさあし)のおかげで、マリリンの正体もわかってすっきりしたわ。まさか小学校の先生だったなんてね」

律子は大きなトートバッグから、古い卒業アルバムをとりだした。黄ばんだ薄い半透明の紙のカバーがかけられており、大切にされているのがうかがわれる。

「緒方鞠絵先生。小学校で音楽と家庭科を教えていた先生だそうです」

古い白黒写真だったが、大きな瞳が印象的なきれいな人だった。

「ただの憧れの先生だったから良かったものの、本当にお父さんの昔の浮気相手だったらどうするつもりだったの？」

「そんなのもちろん、とっちめてやるに決まってるでしょ」

律子はいかめしい表情で、眼鏡の位置を直す。

「と言いつつ、元気なうちに一度くらい会わせてあげたいと思ってたんじゃないですか？」

祥明の問いに、杏子は驚き、母親の顔を見る。

「えっ、そうなの!?」

「だって……すごく真剣な顔で、ずっと好きだったとか言うから……」

律子は腕組みをし、誰もいない方を見ながらゴニョゴニョと言い訳した。

「お母さん、見かけによらずお人好しなのね！」

「ばあちゃんはこう見えて、けっこう優しいんだよな」

「あなたたち、一言多いわよ」

杏子と瞬太、それぞれの感想に、律子は照れまじりのしかめっ面で怒ってみせた。

「でも、母と先生は全然さっぱり似てないのに、どうしてマリリンってよんじゃったのかしら？」

「それはおそらく、匂いのせいですね。律子さんはよく、うちのキツネ君のためにプリンをつくってきてくれますよね？　マリリン先生も、きっと、バニラエッセンスの甘い匂いをさせておられたのではないでしょうか。調理実習のあった日などは特に」

「……そういえばこのまえマリリンってよばれた日も、あたしが瞬太ちゃんのプリンを作った後だったわ」

「遠足のクッキーといい、ご主人にとってはバニラエッセンスの匂いが初恋の思い出に直結してるんでしょう」

あの短気でいかつい、思い込みのはげしい律子の夫に、そんな可愛らしい甘い側面があったとは。

人は見かけによらないって本当だなぁ、と、瞬太は目を丸くする。

「嗅覚は脳を活性化させるっていうし、お母さん、今度からお父さんにもいろいろ作ってあげたら？」

「そうねぇ。でもまたマリリン結婚してくれって言われた時、どんな顔をすればいいのかしら」

「この際、大女優になったつもりで、ご主人のプロポーズを受けてさしあげたらどうですか？」

「……考えてみるわ」

　律子は、いつもなら憤然として怒りだすところだが、今日は苦笑いで答えたのである。

　杏子がドアをあけると、商店街には青紫の夕闇がたれこめていた。冷たい風に驚き、律子はあわてて手袋をはめる。

　祥明と瞬太は、階段の上で、ゆっくり遠ざかって行く母娘を見送った。

　後ろ姿しか見えないが、何やら楽しそうに話しているようだ。

「杏子さん、十五年も家出してたとは思えないくらい、お父さんともお母さんとも自然に話してるよね。実の親子って、普通、そういうものなのかな」

「普通？　親子に普通なんてあるものか。ひとつとして同じ親子関係なんてない。千差万別だ」

瞬太は何の気なしに言ったのだが、思いのほか、祥明の反応は冷ややかだった。

「そういえば、おまえのところはかなり特殊だったっけ」

主に特殊なのは、祥明を溺愛する母の優貴子だが、息子の幸せよりも安倍家の蔵書をとった父の憲明もなかなかのものだ。

「はるばる京都まで逃げた、人さわがせなキツネに言われる筋合いはない」

「そうだった」

瞬太は三角の耳の裏をかいて、情けない笑みをうかべる。

一時は母親が三人になってしまい、大混乱におちいったのだった。

瞬太が四月から誰と暮らすかについては、棚上げしたままだが……。

「そういえば、佳流穂さんはどうしてるんだろう。もうずっと行方不明だよね？」

またどこかでラーメンをつくっているのだろうか。

「あの人がでてくるとろくなことがないから、このままおとなしくしておいてほしいものだな」

祥明は苦虫(にがむし)をかみつぶしたような顔で扇をひろげると、おもむろに階段をおりはじめた。瞬太も一緒に店内にもどる。

瞬太は湯呑みを片付けていて、テーブルの下に大きなトートバッグがあるのに気づいた。

「あれ、何だっけ？」

中をあけてみると、古い卒業アルバムが入っている。

律子たちの忘れ物だ。

「これすごく大事なものだよね。駅まで走ればまだ間に合うかな？」

「まかせた。ただし律子さんはいつも電車じゃなくてバスだ」

「わかった」

瞬太はトートバッグを手に、王子駅前のバス乗り場にむかってかけだした。

ほんの二、三分の距離だが、重い荷物を抱えて全力疾走すると案外大変で、息がきれる。化けギツネは瞬発力はあるが、持久力はないのだ。

なんとか王子駅の北口までたどり着くと、思っていた以上の台数のバスがずらりと並んでおり、瞬太はとまどった。

「あれ、バス乗り場ってこんなにあったっけ。えーと、ばあちゃんちの方に行くバスは……」

案内板には、西新井(にしあらい)行き、池袋行き、新宿西口行きなど、数多くのバス乗り場が記載されており、律子がどのバスを利用しているのかわからない。

二人を探そうにも、ちょうど帰宅ラッシュの時間で、駅前はごった返している。

「そうだ!」

瞬太は嗅覚に意識を集中した。

律子のコートには樟脳が、そして杏子のうなじには白粉(おしろい)の匂いが残っているはず……。

樟脳、白粉、樟脳、白粉……

樟脳発見!

樟脳の臭いをたどると、銀行の前にあるバス乗り場のベンチに、律子が一人で腰をおろしていた。杏子の姿は見えない。

いつも背筋をしゃんと伸ばし、堂々と胸をはっている印象のある律子だが、今日は疲れているのか、肩をおとし、うつむき加減になっている。顔色もさえない。

「ばあちゃん……？」

瞬太が声をかけると、律子ははじかれたように顔をあげた。

「あら、瞬太ちゃん。どうしたの？」

「忘れ物だよ。マリリン先生のアルバム」

瞬太が大きなトートバッグを見せると、律子は驚いた顔で受け取った。忘れ物をしたことに気づいてすらいなかったようだ。

「あらまあ、あたしったら、うっかりしてたわ。本当にありがとう」

「杏子さんは？」

「今夜は劇団のみなさんと、公演の打ち合わせを兼ねての飲み会なんですって」

「そうなんだ。打ち合わせだったら仕方ないね」

「ふふふ、杏子は劇団にお嫁にだしたと思ってるわ。だから里帰りは年に一、二回でいいの。でも家出中と違って、今はいつでも電話できるし、寂しくはないのよ」

「そうなの？　律子さんがこんなに大変な思いをしてるんだから、もっと家にいてあげればいいのに」

瞬太が口を尖(とが)らせると、律子は困ったような、嬉しいような、複雑な苦笑いをした。

「……瞬太ちゃんは優しいわねぇ」

律子は何か言いたそうにする。

だが、ちょうどその時、板橋行きのバスが来たので、いつもの元気な律子に戻り、ベンチから立ち上がった。

「じゃあまたね。アルバムありがとう」

背筋をのばして、薄緑色のバスに乗り込んでいく。

瞬太はバスを見送った後、陰陽屋に戻りながら、ベンチにぽつんと腰かけていた律子の背中を思い出していた。

本当にこれでよかったのだろうか。

予想外の展開で、ずいぶんあっさりとマリリンの正体は判明したが、律子が本当に悩んでいるのは違うことだ。

いつもプリンを差し入れしてくれる律子の役に立ちたいと思っていたが、結局自分は何一つできなかった。

バスが来るまでにあと三分あったら、ハンドマッサージをしてあげられたのに。

瞬太は夜の商店街をとぼとぼと一人で歩きながら、ため息をついた。

陰陽屋へ戻ると、祥明は休憩室で電話中だった。

「わかっているが、いつもいつも同じ手は使えないだろう。ああ、考えておく」

祥明がこんなにぞんざいな口調で話す相手は一人しかいない。幼なじみの槙原秀行（まきはらひでゆき）だ。

挙げ句のはてに、「キツネ君が戻ってきたから。じゃあな」と、さっさと通話を終了すると、携帯電話をベッドに放り投げる。

「槙原さん？　何かあったの？」

「例によって秀行のおせっかいだ。祖父が退院して、家で退屈そうにしてるから、見舞いに来いだと」

「じいちゃん、ペースメーカーの手術うまくいったんだね！」

瞬太は顔をぱっとかがやかせた。

「おれ、お見舞いに行こうかな」

「いいのか？　母が張りついているぞ？」

「うっ」

クラブドルチェで優貴子と接近遭遇した時のことを思い出し、瞬太はひるんだ。

「で、でも、ほら、またSNSを使ってドルチェに行ってるってことにしてもらえば大丈夫じゃないのかな？」

「相手はあの母だぞ。同じ手が使えるのはせいぜい三回だ。あと二回は、いざという時のために温存しておかないと」

「でもじいちゃん、退屈してるんだろう？」

「それは秀行の物差しではかるからだ。家の中でも、本を読むとか、書きものをするとか、祖父だったらいくらでもやることがある。退屈する暇なんて一分たりともあるものか。まったく、秀行のお節介はいつもピントがずれてるんだよ」

祥明は迷惑顔で舌打ちした。

「お節介かぁ……」

瞬太は耳を伏せてしょんぼりとつぶやく。

「律子さんに何か言われたのか？」

「ううん。逆。言ってくれないんだ。言ってくれても、何かできるわけじゃないけど……」

瞬太は、バス乗り場での律子のことを祥明に話した。

「杏子さんもさ、どうせ数日しか東京にいられないんだから、もっと家にいてあげればいいと思わない？」

瞬太はぷうっと頬をふくらませる。

「なるほど、お節介を通り越して余計なお世話だな」

「わかってるよ。家族は千差万別、だろ」

「ああ。おまえは杏子さんが両親とすっかり和解していると驚いていたが、律子さんからしてみれば、まだまだ腫れ物にさわる感じじゃないのか？　きついことを言うとまた家出されそうで怖いんだろう」

「そうなのか……」

仲条家も、安倍家も、沢崎家も、普通なんてない。事情はみんな別。

三井家だってそうだ。

「あーあ」

瞬太は机の上につっぷした。

「もうマリリンの正体もわかったし、おれにできることって何もないんだって思うと、すごく情けないよ……」

「ふむ」

祥明は扇を頬にあてて考え込んだ。

十一

翌朝。

いつものように寝ぼけまなこで瞬太が教室へたどりつくと、三井が待ち構えていた。

「沢崎君！　あたし、東京芸大を受けられることになったの」

「えっ……あっ、そうなんだ。よかったね」

寝ぼけていたので、すぐには理解できなかったが、三井のはればれとした笑顔が瞬太を覚醒させてくれた。

「お父さんの説得に成功したの？」

「説得じゃなくて……」

三井は少し恥ずかしそうな顔で、口ごもる。

「実は、沢崎君のお母さんのおかげなの。昨日、たまたま本屋さんで会って、とっておきの秘策を教えてくれたのよ」

「えっ、母さんの秘策……?」

瞬太が首をかしげた時、チャイムがなり、山浦先生が教室に入ってきた。

「とにかくお母さんに、ありがとうって伝えておいて」

それだけ言い残すと、スカートのすそをひるがえし、三井は小走りで自分の席に戻っていく。

あとに残ったのは、秘策の謎と、シャンプーのいい匂いだけであった。


その夜の沢崎家の夕食は、サンマの塩焼きと、栗ごはんと、秋なすとたまねぎの味噌炒めだった。

「今日はスーパーで秋の味覚セールをやってたんだ。やっぱり旬の食材は美味しいよな」

すっかりベテラン主夫の域に達した吾郎は、自画自賛である。

瞬太がサンマをいっきに平らげた後、三井の伝言を伝えると、みどりはニヤリと笑った。

「やっぱり成功したのね。まあ、あのお父さんなら大丈夫だとは思ったけど」

「母さんが教えた秘策って何？」

瞬太は興味津々で尋ねる。

「簡単よ。泣くこと」

みどりはあっけらかんと答えた。

「へ？」

「議論が堂々巡りになってらちがあかない時とか、どう見てもこっちが分が悪いんだけどなんとか強行突破したい時には、黙ってはらはら泣きなさいって教えてあげたの。たいていの父親は娘の涙には勝てないから」

みどりのおそろしすぎる秘策に、瞬太はもちろん、吾郎もぎょっとしてサンマの塩焼きから顔をあげる。

「そ……それって卑怯じゃない⁉」

「別に違法じゃないもの」

ふふん、と、みどりは鼻先で瞬太の抗議を笑いとばす。

「まさかと思うけど、母さんもその手をじいちゃんに使ったことあるの？」

「一回だけね。二十三歳の時、沢崎吾郎っていう人と結婚したいって言ったら、父に猛反対されたのよ。東京の看護学校に行くのはしぶしぶ認めたものの、結婚は地元の男とさせよう、って、勝手に決めてたみたい」

　衝撃の告白だった。

「知らなかった……」

　瞬太はもちろん、吾郎も呆然としている。

「それで母さんは、まさか……」

「そうよ。その時はもう、これしかないって開き直って、泣いたわ。わんわん泣いて、結婚を認めてくれって頼んだの」

「それで初めて君の実家に挨拶に行った時、お父さんはずっとムスッとしていたのか……」

　吾郎は椅子の背もたれに身体をあずけ、天を仰いだ。

「だって、人柄が気に入らないとか言うのならともかく、東京生まれで東京育ちなのがダメなんて言うんだもの。理不尽でしょ」

「う、うん」

瞬太はうなずくしかない。

「まあこの作戦が使えるのは、父親と恋人くらいだけどね。それに、頻繁に使うとむこうも慣れてきちゃうから、ここぞという時にしか使っちゃだめ。せいぜい三年に一度くらいかしら。あと、母親はだめよ。娘の涙くらいでは、そうそう折れてくれないから」

「なんだか……三井のお父さんが気の毒になってきた……」

瞬太の感想に、吾郎も無言でうなずく。

「あら、三井さんが名門女子大に行った方がよかったの？」

ちょっぴり意地悪なみどりの問いに、瞬太は頭を左右に振る。

「ありがとうございましたっ！」

「どういたしまして」

にっこり微笑(ほほえ)むみどりのために、瞬太はいそいそとコーヒーの支度に立ったのであった。

十二

一週間後。

いつもの顔に戻った律子が、陰陽屋にプリンを持って来た。

樟脳臭いウールのオーバーに、毛糸の手袋。サングラスはかけていない。

女スパイは廃業し、プリンのばあちゃんに復帰したようだ。

「病院には行かれたんですか？」

祥明の問いに、律子は、ええ、と、うなずいた。

「脳のＭＲＩつき人間ドックの予約をいれてきたわ。夫はあの通り、自分では何の問題もないと思っているから、あたしの心臓が心配じゃないの？　せっかくペア割引のチャンスなのに、っておどして」

みどりの助言が役に立ったようだ。

「今回のことは、娘に父親のことをきちんと説明しておかなかったあたしも悪かったって思ってるわ。夫が認知症かもしれないって、あたし、自分でもみとめたくなかったのね。陰陽屋さんにも、霊障相談だなんてつまらない嘘をついたりして」

珍しく、律子が反省の言葉を口にした。

「今はまだ、たまにおかしなことを口走るだけだけど、そのうち完全にあたしのことがわからなくなるかもしれない、徘徊(はいかい)をはじめるかもしれない、あたし一人でどこまで頑張れるかしら、介護つきの施設ってどのくらいお金がかかるのかしら……とか、考えはじめたら不安で押し潰(おしつぶ)されそうになってしまって。こんなんじゃだめよね、これからいろんなことに立ち向かわないといけないのに」

「ばあちゃん!?」

「何より、こんな格好悪いあたしを、瞬太ちゃんにだけは見せたくなかったの」

律子は首をすくめ、情けなさそうな顔で、頭を左右にふる。

瞬太は申しわけなくて、正統派焼きプリンが目の前にだされているのに、しょんぼりとうつむくしかない。

「ふむ」

祥明は護符用の和紙をテーブル席まで持って来て、筆で、「莫妄想」と書いた。

「まくもうそう、と、読みます。今の律子さんにぴったりの、魔法の呪文です」

「魔法の呪文?」

「ええ。禅の言葉で、妄想を吹きとばす呪文です。まだおこってもいない悪いことを想像してくよくよ心配したり、過去の失敗を思い出してえんえん後悔したりするのは、どちらも妄想なのです。そんな時、莫妄想! と叫ぶと、妄想が吹きとびますよ」

「莫妄想……莫妄想……莫妄想!」

律子は小声でぶつぶつつぶやいていたが、だんだん調子がでてきたのか、最後は両手を振りながら、大声で叫んだ。

「莫! 妄! 想!!」

「どうです?」

「……なんだかすっきりした気がします」

律子がつきものが落ちたような顔で言うと、祥明はにっこり微笑む。

「危機管理は大切ですが、悪いことばかり考えて自分を追いつめても、何もいいことはありません。妄想を追いはらったら、今日中にやらねばならないことに集中するよう、心がけてください」

祥明の言葉に瞬太ははっとした。

あれほど祥明に、卒業することだけに集中しろと言われたにもかかわらず、つい、両親や友人と別れねばならなくなることを想像してはくよくよしていた。

卒業できなかったらどうしよう、就職先が決まらなかったらどうしようなど、悪いことを考えはじめるときりがない。

ひょっとして、あれも妄想だったのだろうか。

「おれもやってみよう！　莫！　妄！　想!!」

瞬太も手をふりながら、大声で叫ぶ。

「……たしかにすっきりした……ような気がする！」

ふん、と、鼻から息を吐いて瞬太が言うと、良かったわね、と、律子は破顔した。

律子のこんな明るい笑顔は久しぶりに見た気がする。

祥明はハンドマッサージもフットマッサージもせずに、言葉ひとつで、律子と瞬太の重くよどんだ心をほぐしてしまったらしい。

またもおいしいところを持っていかれて、ちょっと納得いかない気もするが、とりあえずは、目の前の焼きプリンだ。

「うまい！　めっちゃうまい！　ほろ苦いカラメルとトッピングの生クリームが最

高！」

　瞬太はとろけそうになる。

「そうそう、その顔よ。瞬太ちゃんが元気な顔で、プリンを喜んで食べてくれたら、それだけであたしはとっても癒やされるわ」

　律子は嬉しそうに、にこにこしている。

「癒やされるって……」

　瞬太はどう答えたものかとまどった。

　男子高校生としてどうなんだろう。

　律子は笑顔だし、一応ほめられているのだろうか？

「よくわからないけど、おれ、少しは役に立ったのかな？」

「もちろん。不安で頭がパンクしそうだった時、陰陽屋さんに来るのだけが楽しみだったもの」

「そっか！」

　瞬太は嬉しくなり、つい、ふさふさの尻尾をぶんぶん振ってしまったのであった。

倉橋スポーツ用品店の野望

一

王子では十二月になると、イチョウのクリーム色の葉と、桜の赤茶色の葉が、盛大に舞い散りはじめる。

たまに混じる真っ赤な楓の葉は、名主の滝公園から飛んできたものだろうか。

階段に色とりどりの落ち葉が積もっているのはきれいだが、お客さんが足をすべらせたら大変だ。

瞬太がせっせとほうきを動かしていると、一年ぶりに、森下通り商店街の会長が陰陽屋へやってきた。

「陰陽屋さんは、まだ、狐の行列の申し込みをすませていないようだけど、今年も参加するんだよね？」

有無を言わせぬ口調である。

狐の行列というのは、王子駅周辺の商店主たちが中心になって毎年おこなっている、年越しイベントだ。

その名の通り、参加者たちは狐のお面をかぶるか狐のメイクをして、和服を着用し、装束稲荷神社から王子稲荷神社までをゆっくりと行列する。

最近ではテレビやＳＮＳでとりあげられることも多くなり、かなりのにぎわいを見せるようになってきた。

「もちろんです、どうぞよろしくお願いします」

祥明は営業スマイルで応じる。

「みんな楽しみにしているから、よろしく頼むよ」

会長は鷹揚にうなずくと、瞬太がだしたお茶をぐいっと飲み干し、さっさと帰っていった。

ここまでが十二月上旬の恒例行事である。

夜七時すぎ。

祥明の言いつけで、瞬太が期末テストの勉強をしていると、聞き覚えのある靴音が階段をおりてきた。しかも二人だ。

なんとなく不吉な響きのする、妙にそろったこの靴音は……。

瞬太が黄色い提灯(ちょうちん)を持って店の入り口まで走っていくと、さっと黒いドアがひらいた。

「こんばんは」

「恋占いお願いしまっす」

そっくりのハンサムな顔、そっくりの甘い声、おそろいの細身の服、おそろいの前髪長めのヘアスタイル。

倉橋怜(くらはしれい)の双子の兄たちである。

名前はたしか、紅茶党が晶矢(あきや)でコーヒー党が耀刃(てるは)。

眼鏡(めがね)のフレームの色で見分けがつくようになっているのだが、わざと交換していることもあるから油断できない。

ちなみに倉橋家は四兄妹で、この大学生の双子の上にもう一人兄がおり、父が経営する倉橋スポーツ用品店を手伝っている。

「久しぶりだね」

「あいかわらずモフモフしてる」

二人は同時に、瞬太の三角の耳に手をのばしてきた。

瞬太は慌てて、ピョンと後ろにとびすさる。

「つけ耳さわらないでよ。とれたら困るから」

「まだおさわり禁止なの？」

「つれないなぁ」

二人は同時にクスクス笑う。

春記とは違う意味で、面倒臭い二人だ。

恋占いを頼むというので、テーブル席に案内して、お茶をだす。

「ついに僕たち、運命の女性とめぐりあったんです。優しくて、可愛くて、趣味もあうし」

二人はかなりうかれた調子で、祥明にのろけた。

「あれ、お兄さんたち、まえも恋占いに来たんじゃなかったっけ？　たしか二人とも同じ女の子を好きになったんじゃ」

瞬太の質問に、二人は同時に舌打ちした。

「いつの話をしてるのさ」

不愉快そうに耀刃が答える。

「耀刃を選んだ彼女のことなら、一ヶ月も続かなかったよ」

晶矢がにやにやしながら言う。

きっと耀刃がふられた理由は、晶矢に違いない。

「でも今回は大丈夫さ。なんと彼女たちも双子なんだよ！　完璧じゃない⁉」

「まさに運命だよね！」

ふたりはご機嫌で、ハイタッチをする。

「もうつきあってるの？」

「もちろんさ。今年の大晦日(おおみそか)は、一緒に、遊園地のカウントダウンイベントでダブルデートすることになってるんだ」

瞬太の質問に、待ってましたとばかりに話しはじめる。

「それで、ハッピーニューイヤーの花火を見ながら、プロポーズしようと思ってるんだ。ロマンチックだろう⁉」

「プロポーズ⁉　二人はまだ大学生だよね？」

「彼女たちも同じ大学の後輩だよ。でも三月に卒業したら会えなくなっちゃうから、結婚することにしたんだ」

「そしたら毎日会えるからね！」

本当に彼女たちのことが好きなんだなぁ、と、瞬太は感心した。

「でもちょっと心配なことがあって……」

「お日柄が悪いんだ。カレンダーを見たら、一月一日は先負なんだよ！　午前中は凶ってことだろ!?　やめた方がいいと思う？」

「十二月三十一日は友引だから、日がかわらないうちにプロポーズした方がいいんじゃないかって僕は思うんだけど、花火の演出も捨てがたいし」

「クリスマスも調べてみたんだけど、イブの日は先勝で、午後は凶なんだ」

「いつプロポーズするのがベストか占ってよ、店長さん」

二人は頬をよせあって、かわるがわる祥明に訴えた。

祥明は面倒臭そうに肩をすくめる。

「どうしてもとおっしゃるのなら占いますが、そもそも六曜のお日柄は形式的なものなので、気にする必要はありません。あれはブライダル業界と葬儀業界を盛り上げるための、彩りのようなものです」

「そうなの？」

二人は顔を見合わせた。

「大安だろうと、仏滅だろうと、うまくいく時はうまくいくし、だめな日はだめですよ。でもどうしても心配だとおっしゃるのなら、これをお持ちください」

祥明が二人の前に置いたのは、定番の恋愛成就の護符である。

「これが噂の……！」

「やっぱりあるとないとでは大違いなのかな？」

「いざプロポーズという瞬間に、勇気をくれます」

祥明はにっこりと微笑(ほほえ)む。

まったくうまいこと言うな、と、瞬太は心の中で舌をまく。

「ぼ、僕は買うよ、晶矢」

「僕だって買うに決まってるだろ、耀刃」

先を争って双子たちは恋愛成就の護符を買い求め、ご機嫌で帰って行った。

二人分の靴音が階段をあがっていったのを耳で確認して、瞬太は、やれやれ、と、肩をすくめる。

「十二月と二月は変な人が増えるよね。みんな気合いが入りすぎるんだろうけど」

「あの双子はいつも変だけどな。ところでキツネ君は……」

「え？」

「いや、何でもない」

祥明はわざとらしく口もとを扇で隠した。

クリスマスは今年も家族とすごすのか、と、聞こうとしてやめたのだろう。

もちろん聞かれるまでもなく、家ですごすに決まっている。

「みんな受験生だから！」

一応、言い訳してみたが、祥明に、「は？」と、首をかしげられただけだった。

二

翌日の昼休み。

「一年ってあっという間だよな」

木枯らしがごうごうと音をたてて、校庭を吹きぬけていくのをながめながら、何の気なしに瞬太が教室でぼやくと、岡島（おかじま）は丸い顔をしかめた。

浅田は舌打ちをし、高坂は苦笑する。

気のいい江本だけが、「焼きイモの季節がまたきたな」とにこにこ応じてくれた。

同じ十二月でも、大学入試が目前に迫った今年と、ハワイ修学旅行でうかれていた去年とでは、教室の雰囲気が大違いである。

「そういえば、そろそろ狐の行列の季節だね。陰陽屋さんは何かやるの？」

高坂に尋ねられ、瞬太は首を横にふった。

「いつも通り、おれと祥明が行列に参加するだけで、特には何もやらないんじゃないかな。みんなはどうするの？」

「参加したいのはやまやまだけど、風邪やインフルエンザが心配だし、悩ましいところだね」

高坂は三年前にインフルエンザで、私立高校の入試を棒にふった苦い経験がある。さすがに同じ轍を踏むのは避けたいようだ。

「おれは参加するぜ。どこに女子との出会いがあるかわからないからな！」

江本はにかっと笑って参加表明した。

行列の常連である三井は、うーん、と、考えこむ。

「あたしも迷い中かな……。怜ちゃんは参加するよね？　スポーツ推薦決まってるし」

「一応そのつもりだけど、まだ未確定。それもこれも陰陽屋の店長さんのせいよ」

倉橋に怒りにみちた視線をぶつけられ、瞬太は驚く。

「祥明が何かした？」

「去年初めて、行列の時間中に、うちも店をあけてみたのよ」

店というのは、王子銀座商店街にある倉橋スポーツ用品店のことだ。

狐の行列は、ここ数年、急激に観光客が増加しており、飲食店や、お土産の狐グッズを扱う店などは、着々と売り上げを伸ばしているらしい。

その光景を目の当たりにした怜の父が、うちも営業しようと言いだしたのだという。

「あれ、倉橋スポーツ用品店も営業してたんだ。でも毎年、お父さんとお兄さんたちは実行委員会につめてるんじゃないの？」

ついでに言えば、怜自身は行列で歩いていた。

「だから母が一人で店番をしてたんだけど、全然売れなかったわけ」

瞬太の問いに、倉橋は苦々しげに答える。

「大晦日の、しかも真夜中に、スポーツ用品は難しいよね」

高坂がフォローした。

「そこで今年は、双子の兄たちが店番にまわることになっていたのよ」

俗に言う広告塔である。

あの双子なら見た目も格好良い上、社交的で、地元の友人知人も多そうだし、たしかに適任だな、と、瞬太も納得した。

「ところがあいつら、年末年始は、遊園地で花火を見ながらプロポーズすることにしたなんて、たわけたことを言いだして！」

倉橋は右手で、バン、と、机をたたく。

「あっ」

ようやく瞬太は話がのみこめた。

それで倉橋は腹を立てているのか。

「一月一日はお日柄が悪いから、日を変えたほうがいいって家族全員で説得してたのに、陰陽屋の店長さんが六曜なんて気にしないでいいって断言したそうね」

「う……うん」

たしかにきっぱり断言した。

「しかも恋愛成就の護符まで買っちゃって、二人でうかれまくってるし！　おかげでうちは誰が店番をするのか大もめよ。もしあたしが手伝いにかりだされることになったら、行列に参加できないんだけど！」

「怜ちゃん……」

倉橋の怒りもさることながら、三井の悲しそうな顔に、瞬太の心臓は縮こまった。

「ご、ごめん」

瞬太は平身低頭である。

まさか双子が、大晦日に店番をするはずだったなんて。

「えーと、でも、無理に、狐の行列でもうけようとすることないんじゃないかな。陰陽屋だって全然もうかってないよ。祥明とおれと、二人とも行列に参加するから、店を開けられないし」

瞬太はなんとか倉橋の怒りをおさめようとした。

だが残念そうに、高坂が首を左右にふる。

「陰陽屋は毎年、かなりの宣伝効果をあげてると思うよ。特に店長さんは、すごい数の写真がＳＮＳにあがるし」

「そうだったのか……！」

　商店街会長の言いつけとはいえ、面倒くさがり屋の祥明が、毎年さぼらずに参加しているだけのことはある。

「あたしも山ほど写真とられるけど、全然売り上げにつながらないのよ」

　倉橋はチッと舌打ちした。

「陰陽屋の店長さんは、映画やドラマから抜けだしてきたような格好をしてるから、陰陽師好きの人の興味をひくけど、倉橋さんの着物姿を見て、スポーツ用品を買いたいって思う人はあまりいないだろうね」

　高坂は冷静に分析する。

「そういう高坂理髪店だって、大晦日の夜はヘアメイクや着付けの予約がいっぱいはいるんでしょ？　とぼけても無駄よ。ネタはあがってるんだから」

「うちは美容院じゃないからメイクはやってないけど、着付けと髪のセットの予約はまあまあはいるみたいだね」

　再び倉橋の鋭い舌打ちがでた。

「いいわね、行列効果がダイレクトにでる業種は」

完全に八つ当たりだ。

「だったら、温かい食べ物でもつくって店先で売ったらどうかな？　豚汁とかおしることか」

「それならお母さん一人でもできるし、絶対売れるし、沢崎のアイデアにしちゃ上出来じゃね？」

江本にほめられて、瞬太はぬか喜びした。

だが。

「素人が真っ先に考えつきそうなアイデアね。でも、食べ物はいろいろ規制がめんどくさいのよ。まず保健所の許可が必要だし」

剣もほろろである。

「使い捨てカイロを一個五百円で売って、ぼろ儲けしちゃえよ」

岡島が、うひひ、と、笑いながら言う。

「すぐ近所にコンビニがあるから無理」

「なんだ、コンビニあるのか」

倉橋は、あーあ、と、わざとらしくため息をついた。

「あんたたち、今、もう店あけるのやめればいいじゃん、って思ったでしょ？」

男子たちはドキッとして目をそらす。

「あたしだってそう思ってるわよ。電気代だってかかるんだから。でも父が、せっかくビジネスチャンスが目の前に転がってるのに、指をくわえて見てられるか、って、妙に燃えちゃっててさ。なまじっかもうかってる店があるのが、悔しくて仕方ないのね」

もちろん、商店街のすべての店が、行列の時間帯に営業するわけではない。むしろ大半の店が閉めている。なにせ行列のスタートが午前0時だ。

だが倉橋父は、もともと狐の行列の実行委員に名をつらねているだけあって、生粋のお祭り男なのである。行列をとことん楽しみ、盛り上げるためにも、店をあけねばならないと主張して譲らないのだ。

「怜ちゃんも大変だね……」

三井が気の毒そうに言う。

「まったくだわ。春菜、肩貸して」

「うん、いいよ」

倉橋はこれみよがしに三井の肩に頬をのせると、瞬太の目を見て、クスッと笑った。

完全な嫌がらせだ。

わかっていても、瞬太はうらやましさのあまり、心の中でじたばたせずにはいられないのであった。

三

西からオレンジに染まっていく冬空を、ふわふわした綿雲（わたぐも）がすべるように流れていく。

四時少し前に、瞬太が陰陽屋へ行くと、ちょうど上海亭（シャンハイてい）の江美子（えみこ）が来ていた。

いつもの手相占いはもう終わったらしく、おしゃべりタイムになっている。

もちろん祥明はお茶をだしていないので、瞬太は大急ぎで童水干（わらべすいかん）に着替えて、お茶をいれた。

ちなみに童水干は、先週、光恵（みつえ）が持って来てくれた新品である。

「あら、ありがとう。瞬太君が一所懸命いれてくれたお茶だと思うと、一段とおいしく感じるわ。うちの愚息とは大違いね」

江美子の息子は今年も冬コミにだす同人誌の原稿が大忙しで、母親にお茶をだすどころか、店の手伝いもさぼりがちなのだという。

「ところでその着物、また谷中(やなか)の呉服屋さんで、新しいのをあつらえてもらったの？」

「うん。あまりもののウールの反物(たんもの)で仕立ててくれたんだ。これなら狐の行列でも全然寒くないよ」

瞬太はくるりと一回りしてみせた。

残念ながら童水干のお約束で、膝下はむきだしの素足になってしまうのだが、足以外はかなり暖かい。

「いいじゃない。渋い赤茶色に、ふさふさの尻尾(しっぽ)がよく映(は)えるわね。ちょっと大人っぽい色だけど、すごく似合ってるわ」

「実はおれもそう思うんだ」

瞬太は嬉しそうに答えた。

さすがは陰陽屋に通い続けて三年間の江美子、瞬太が喜ぶツボを心得ている。

「あたしも毎年、着物で行列に参加してみたいって思うんだけど、大晦日の夜は店が忙しくて」

「上海亭の肉まんは大人気なんだよね？」

「そうなのよ。餡まんも売ってほしいっていうリクエストもいただいてるんだけど、年末はアルバイトさんも帰省しちゃうし、肉まんだけで精一杯なの」

瞬太も一度くらい噂の肉まんにありつきたいものだが、行列が終わる頃には、いつも売り切れているのである。

なんでもほかほかで、ジューシーで、しかもコンビニの肉まんより一回り大きく、凍てつく星空の下、はふはふいいながらかぶりつくと、最高に美味しいらしい。

想像しただけで、口の中が唾でいっぱいになる。

「やっぱり温かい食べ物は最強だよなぁ」

「急にどうしたの？」

「えーと、いや、陰陽屋でも何か売れたらよかったのにって、ちょっと思っただけ」

倉橋スポーツ用品店の事情を江美子に話すわけにもいかないので、瞬太はとっさにごまかした。

「陰陽屋で？　二人とも行列じゃないの？」

「だからそれは誰か店番を頼んで……えーと、うちの母さんとか？」

これは今、とっさに思いついたのだが、なかなかいいアイデアではないだろうか。

みどりと吾郎を放っておくと、必ず行列に参加したがるから、阻止するためにも、店番をさせておけば安心である。

もちろん陰陽屋ではなく、倉橋スポーツ用品店の店番だが。

しかし瞬太の案は、あっさり祥明に却下された。

「みどりさんは、このまえ、光恵さんに新しい着物を頼んでいたから、行列に参加する気まんまんだと思うぞ」

「げっ、いつのまに」

一難去らないうちに、また一難である。

そろそろ夜の営業の準備をしないと、と、江美子が帰っていった後、瞬太はずっとそわそわと階段を気にしていた。

やっぱり大晦日にプロポーズするのはやめた、と、倉橋家の双子があらわれるのを期待していたのだが、残念ながらそんな気配はない。

「今日はまだあの双子のお兄さんたち、来てないよね？」

「昨日のあの調子だと、年内はもう来ないだろう。今頃はプロポーズの言葉でも考えてるんじゃないか？」

「そうかぁ……」

瞬太は深々とため息をつく。

「あの双子がどうかしたのか？」

瞬太が倉橋スポーツ用品店の事情を話すと、祥明はあきれ顔で肩をすくめた。

「あの双子、そんな話は全然してなかったし、おまえが責任を感じることじゃないだろう」

祥明はもちろん、まったく責任を感じていないようだ。

「でも三井と倉橋が……」

「倉橋家で何とか解決してもらうしかないな。他人の店の心配をする暇があったら、自分の期末テストの心配をしろ。今日も数Ⅰからはじめるぞ」

「うう」

瞬太はしぶしぶ机にむかったのであった。

四

夜八時に陰陽屋の看板をしまうと、瞬太は家路を急いだ。

くるんと巻いた尻尾をふっているジロの頭を三秒だけなでると、玄関からリビングにかけこむ。

「光恵さんに着物を頼んだって本当⁉」

リビングのこたつでテレビを見ていたみどりは、ただいまも言わず瞬太が問いつめたものだから、少々面食らったようだった。

「本当よ。瞬太が新しいウールの着物がすごく暖かくていいって絶賛してたから、母さんも欲しくなっちゃって。光恵さんにきいたら、ちょうど歳末バーゲンでお買い得になってる羽織つきのアンサンブルがあるそうなのよ。思わず取り置きをお願いしちゃった」

今度の日曜日に谷中まで行って、試着させてもらうことになっているのだという。

「もしかして、狐の行列に参加するつもりなの？」

「もう申し込んじゃったわ。反対しても無駄よ。文化祭に行けなかったから、行列は死守するって、前々から決めてたの」

手回しがよすぎる。

大ちゃんロスからも立ち直り、まあまあ元気そうにしていたので、瞬太は安心していたのだが、そんな悪事をたくらんでいたとは。

「父さんも行列に参加するの？」

「まあな」

吾郎はにこにこ笑いながら、大量のねぎと白菜を切っている。どうやら今夜は鍋のようだ。

「今年もちゃんと五メートルはなれて歩くから安心して」

むう、と、瞬太がしかめっ面をしていると、みどりが肩をすくめて言う。

「盗撮しないって約束する？」

「盗撮はしないわ。堂々と撮影する。いいじゃない、今年が高校生最後の年なんだから」

「ああ……」

そうか、とりあえず三月まではこの家で暮らすことになっているけど、その先はどうなるかわからないんだった。

「……着替えてくる」

しょんぼりと二階へむかう瞬太の背後から、ちゃんと手も洗うのよ、と、みどりの声がする。

ずっとこの家にいられるわけじゃない。

不安や心配が押しよせてきそうになって、瞬太は急いで、秘密の呪文を唱える。

莫妄想、莫妄想、莫妄想！

瞬太は頭をぷるぷると左右にふった。

その夜、瞬太がお風呂からあがった頃をみはからって、葛城が電話をかけてきた。

携帯電話の番号を交換して以来、葛城は週に一度は電話をかけてくる。たいていクラブドルチェがお休みの日だ。

葛城の電話はいつも「特に用はないのですが、充電を怠っていないということをお伝えしたくて電話しました」という前置きからはじまる。

「こちらは、もうすぐクリスマスということで、雅人さんとホストのみなさんが、パーティーの企画をたてておられます」

「じゃあ葛城さんはクリスマスも仕事なの？」

叔父にむかって「葛城さん」というのは変かもしれないが、つい、習慣でそうよんでしまう。

「そうですね、毎年、クリスマスは仕事です。ドルチェのパーティーはいつも趣向をこらしていて大変盛り上がるので、瞬太さんも二十歳になったらぜひいらしてください」

「二十歳か。おれまだ十七だから、あと三年……」

違う。

十二月二十一日が誕生日だって、呉羽さんから教えてもらったんだった。

なんだかんだでバタバタしていて忘れていた。

結局まだみどりと吾郎にも言っていない。

「瞬太さん？」

「あ、うん、二十歳になったら行くね」

「はい、お待ちしています。瞬太さんはいかがおすごしですか？」

「おれは大晦日の狐の行列のことで忙しいかな」

「狐の行列？　何ですか？」

化けギツネとしては、気になる話題だったのだろう。

いつもは三分も話さないうちに通話を終了するのだが、江戸時代の狐の行列からはじめて、最近の盛況ぶりまでを説明するのに、たっぷり五分以上かかってしまったのであった。

五

十二月にはいって、屋上で昼食をとる回数はめっきり減った。

急ぎの密談が必要なトラブルもおこってないし、とにかく寒いので、高坂と岡島が風邪をひかないようにというのもある。

倉橋スポーツ用品店のことは気がかりではあるが、瞬太たちが相談したところで、どうなるものでもない。

というわけで、瞬太は今日も吾郎の弁当を食堂でひらいた。

おかずはサバの竜田揚げ、スモークチキン、温野菜のサラダとウサギのりんごが二切れだ。

岡島はあいかわらず、文句をつけながらラーメンを食べているが、さすがに最近は「山田さんがいれば」とは言わなくなった。

高坂は煮込みうどんで、江本は牛丼定食である。

隣のテーブルでカツ丼とオムライスを食べている倉橋は、相変わらず不満げだった。

「聞いてよ、春菜。昨夜、家族会議が開かれたんだけど、結局、食べ物をだせないのなら狐グッズを売るしかないだろ、っていうことになったの。安直だよね」

「そうかな？　かわいい狐グッズなら、あたし欲しいけど」

三井の返事に、瞬太はドキッとする。

狐グッズじゃなくて、キツネならここにいるよ～、などとくだらないことを考えるが、もちろん口にはださない。

「かわいいかなぁ。スポーツ用品店としては、ぬいぐるみやストラップってわけにもいかないから、狐のタオルと手ぬぐいに決まったんだけど」

倉橋は渋い顔で腕組みをする。

「タオルが嫌なの？」

「タオルは嫌じゃない。問題はあたしが店で売れって言われてること」

「えっ、やっぱり怜ちゃんが店番することになったの？」

「うん」

「まあ、倉橋怜ファンクラブがこぞって買いに来れば、タオルの百や二百くらいすぐに売り切れそうだもんな。行列がはじまる前に売り切っちゃえば問題ないんじゃない？」

横で聞いていた江本が、うっかり口をはさんでしまった。

「タオルを五百、手ぬぐいを三百、業者に発注したらしいわ」

待ってましたとばかりに、倉橋が冷ややかな声で言う。

「五百⁉　けっこう多いな……」

「もう今年の参加は絶望。高校最後のキツネの行列、楽しみにしてたのに。それもこれも、兄たちを陰陽屋の店長さんが止めてくれなかったせいよ」

聞こえよがしに言われて、瞬太はビクッとする。

だがうかつなことを言うと、百倍にして返されるに決まっているから、ここは黙々と弁当にむかうしかない。

「行列の時間になったら、あたしが怜ちゃんのかわりに店番を手伝ってもいいよ」

「だめよ、春菜！　子供の頃からずっと二人で行列に参加してきたのに、春菜がいない狐の行列なんて！」

倉橋は三井の提案を大急ぎで却下した。

「そうかな……」

「そうだ、陰陽屋の店長さんに売り子をかわってもらえば？　店長さんならお金持ちのマダムのお客さんとかついていそうだし、きっといっぱい売れると思うぜ」

気のいい江本が、名案だろう、と、自信満々で提案する。

「ええっ、店長さんのいない行列なんて、それこそだめだよ。陰陽屋のお客さんたちがみんな、すごく楽しみにしてるんだから」

今度は三井が大反対した。

もちろん三井自身も、楽しみにしているお客さんたちの中の一人である。

「祥明は必ず狐の行列に参加しろって、商店街の会長さんに念を押されてるから、手伝いは無理なんだ」

とうとう知らんぷりできなくなって、瞬太も口をはさんだ。

「そうなのか。人気がありすぎるのも大変だな」

江本は驚いて、目をしばたたく。

おれに秘策があるぜ、と、ニヤッと笑ったのは岡島だ。

「この際、タオルと手ぬぐいに倉橋怜のサインを入れるんだよ。で、二本買った人は握手で、三本買った人はツーショット写真。いわゆるチェキだ」

岡島の案に、江本はとびついた。

「それいいな！　ついでに予約特典もつけようぜ。何がいいかな？」

「それこそ陰陽屋さんのお守りとかでいいんじゃね？」

「いやここは生写真だろう」

「なんだか地下アイドルみたいだな」

「あんまり変なことをするとスポーツ推薦取り消されるから勘弁して」

倉橋の一言で、岡島と江本の情熱の炎は鎮火(ちんか)したのであった。

六

日曜日の午後はおだやかな冬晴れだった。歩道の端にこんもりとつもったイチョウの落ち葉に、やわらかな陽射しがふりそそぐ。

瞬太はみどりのお伴(とも)で、谷中の商店街にむかった。

光恵に取り置きしてもらっている、ウールのアンサンブル試着のためである。

行方不明の飼い猫捜索を頼まれたのは五月だったから、きものの森川に来たのは半年ぶりだ。あの時は浴衣(ゆかた)や夏物の着物が涼しげにディスプレイされていたが、今は華やかな振袖(ふりそで)と、ふわふわのショールに、金糸を使ったゴージャスな帯が並んでいる。

「いらっしゃいませ」

渋い茶色のつむぎの着物に、ベージュのかがり帯をしめた光恵が、みどりと瞬太を出迎えてくれた。店の奥では、黒猫のオスカーが丸くなっている。

「この紺色のアンサンブルとストライプのアンサンブル、どちらもすごくお似合いだと思いますよ。まずあててごらんになって」

光恵のすすめで、早速みどりはいそいそと、紺の方をはおってみた。かすり模様が入っている。

「どう？　似合う？」

「あ、うん、いいんじゃないかな」

「ストライプの方がいいかしら？」

「え、うーん、両方似合ってるよ」

正直、着物のことはよくわからないので、適当に答えてしまう。

光恵の見立てだったら間違いないだろうし、それに、結局みどりは最後は自分で選ぶに決まっている。

瞬太は店の入り口の和風雑貨のコーナーをのぞきこんだ。

あまった端切れ(はぎ)で手縫いしてある、かわいい猫のぬいぐるみやストラップがたくさん並べられている。

「猫グッズまたふえたんだね」

「このへんはあたしが作ったのよ」

光恵の長男の妻である麻央(まお)が、にこにこしながら説明してくれた。

安いものは五百円からあるので、お土産用にまとめ買いしていく観光客も多いらしい。

「和柄のものが外国の人によく売れるのよ。ちりめんとか。女の子にプレゼントするなら、このへんのかわいい色のが人気ね」

「へー」

三井もこういうかわいいグッズ、好きだろうな。

いや、三井が欲しいと言っていたのは狐のグッズだけど。

「狐はない……よね？」

「狐？　作ろうと思えば作れるけど、どのくらいの大きさがいいの？」

「えっ？」

あっという間に麻央が作ってくれた狐のストラップを、いらないとは言えず、買って帰ることになってしまった。

しかし何と言って三井に渡したらいいのか思いつかない。

クリスマスプレゼント？

……いやでも、家族でも恋人でもないのに、クリスマスだからってプレゼントを贈るのは勇気がいる。

谷中のお土産?

いやいや、近すぎる。何せ王子から電車で十分弱だ。

結局瞬太は、コートのポケットに入れた狐のストラップを、だしては戻し、戻してはだしてを繰り返すばかりであった。

七

瞬太の卒業がかかった期末テストも終わり、あっという間に十二月も後半になった。

森下通り商店街にも、「大晦日は交通が規制されます」という立て看板がだされ、狐の行列の準備は着々とすすんでいる。

午後のホームルームが終わった後、瞬太が大きなあくびをしながら校門へむかっていると、前庭に女子の集団がたむろしていた。

なんだかんだで三十人以上はいるだろうか。

女子たちの話し声に「倉橋スポーツ用品店」という言葉がまじっているのが聞こえ、

瞬太は立ち止まる。

「委員長、あの女子たち、今、倉橋スポーツ用品店の話をしてたんだけど、どうしたんだろう？」

「倉橋怜ファンクラブの女子たちだね。ごく一部だけど」

一緒に教室をでた高坂が答えた。

「みんなで倉橋の店に買い物に行くって雰囲気でもないけど、何だろうな？」

みな表情がかたく、何か思いつめたような様子なのである。

「じゃあ行くわよ」

リーダー格らしき女子が声をかけると、全員ぞろぞろと移動を開始した。

「気になるね。ついて行ってみようかな」

高坂は目をキラリとさせた。今日はこれから予備校のはずだが、取材スイッチが入ってしまったようだ。

「じゃあおれは……」

陰陽屋のバイトだから、と、言いかけて、瞬太ははっとした。「狐の行列」という言葉が聞こえたのだ。例の、倉橋の店番のことと関係があるのだろうか。

だとしたら、瞬太も無視はできない。

「おれも行くよ」

小走りで高坂の後を追う。

北本通りから一本だけ住宅街の方に入った倉橋スポーツ用品店の前で、女子たちの集団は停止した。

後を追う瞬太たちも、立ち止まる。

さきほどのリーダー格の女子が、こほん、と、咳払いをした。

「怜サマが行列に参加できるかどうかは、あたしたちの肩にかかってるわ。みんな、わかってるわね？」

「もちろんよ！」

「怜サマを困らせる横暴な父親に思い知らせてやるわ！」

他の女子たちから同意の言葉が発せられる。中には右手をぎゅっと握りしめて、拳をつくっている女子もいる。

「まさか、殴り込みをかける気なのか……!?」

お日柄なんて気にすることはないと祥明が双子に言ったせいで、とんだことになってしまった。

瞬太は真っ青になる。

「ぼ、暴力はだめだよ……！」

「しっ」

瞬太はファンクラブの女子たちにかけよろうとしたが、高坂に引き止められた。高坂はあくまで取材に徹するつもりらしい。

「じゃあ、いくわよ」

リーダーを先頭に、女子たちは倉橋スポーツ用品店の中へ入っていった。

そしていきなり、「お願いしますぅ～！」と、かわいい声で頭をさげたのである。

「えーと、君たちは？」

店番をしていた五十代の男性は、女子高生たちの大群を前にしてとまどいを隠せない。おそらく例の、お祭り好きだという倉橋の父親だろう。さすがスポーツ用品店を経営しているだけあって、陽焼けした、鍛えた身体（からだ）をしている。

「あたしたち、怜サマのファンクラブなんです。怜サマのお父様ですよね⁉」

リーダーは先ほどまでとうってかわった、かわいらしい声で話しかけると、胸の前で手を組み、きゅるんとした表情をつくった。目はうるんでいる。

これが最新の討ち入りスタイルなのか？

「あ、ああ、そうだけど」

「お願いです、あたしたちの高校生活最後の楽しみを奪わないでください」

「怜サマがいない行列なんて、悲しすぎます」

全員、精一杯かわいい声と表情で、倉橋の父に訴えた。

「うーん、いやでももう、狐のタオルと手ぬぐいを発注しちゃったからなぁ」

「そんなぁ」

「あたしたちも買いますから」

「お願いです～」

「えっ、困ったな」

三十人の女子高生たちにおねだりポーズで取り囲まれ、倉橋父は、一分後には、娘の店番は行列の集合時間までていい、と、譲歩したのであった。

「まあまあの成果ね」

背後からささやかれ、瞬太はぎょっとした。いつのまにか、後ろに遠藤が立っていたのである。

「遠藤さん、どうしてここに……あっ、まさか、また何か!?」

瞬太の質問に、遠藤はにやりと笑った。

もしかして、遠藤がファンクラブを煽動したのだろうか。そういえば、遠藤もかつては倉橋怜ファンクラブの一員だったはずだ。

瞬太は驚き、口をぱくぱくさせる。

「陰陽屋に行かないでいいの？　もう四時すぎてるわよ」

「えっ」

遠藤の答えを聞きたいのはやまやまだったが、たしかにもう四時をすぎている。

「うう……じゃあまた！」

高坂と遠藤に言うと、瞬太は陰陽屋へむかってかけだしたのであった。

翌朝。

半分眠りながら瞬太が教室にたどりつくと、倉橋が三井に話しかけているのが聞こえてきた。

「昨日急に父さんが、店番は行列の集合時間までいいって言いだしたのよ。あとは母さんにまかせていいって。どうもあたしのファンクラブの子たちが昨日、店まで嘆願に来たみたい。だから今年も春菜と一緒に行列を歩けるよ」

「そうなんだ。よかった」

三井は嬉しそうに答える。

「でも、狐のタオルと手ぬぐいは大丈夫なの？　五百本注文したんだよね？」

「まあ問題はそこなんだけど、父さんは鼻の下をのばしてでれでれしてたし、いいんじゃないの？」

倉橋はさばさばしたものだ。

「でも、怜ちゃんが本当はお店のことを大事に思ってるって、あたし知ってるよ？双子のお兄さんたちみたいにきっぱり拒否すれば、おじさんもおばさんも、店番を無理強いはしないよね？　口では文句を言ってるけど、引き受けてるのは、実は怜ちゃんの意志じゃないの？」

三井に問われて、倉橋は一瞬、口ごもった。

「……春菜の考えすぎだよ」

「でも……」

三井は何か言いたそうだったが、始業のチャイムがなって山浦先生が教室に入ってきたので、会話は中断されたのであった。


森下通り商店街に淡い黄色の街灯がともり、コートを着込んだ人たちが駅へと急ぐ夕暮れ時。

「本当にこれでよかったのかな……」

ひょっとして、いや、ほぼ間違いなく、倉橋が瞬太に対し、あまりにもとげとげしい態度をとるので、見かねた高坂と遠藤が相談して、ファンクラブを動かしてくれたに違いない。

倉橋父も女子高生三十人に囲まれてかなり嬉しそうだったし、一件落着と言ってもいいくらいだ。

だが、今朝、三井が言っていたことがどうもひっかかる。

なんだかすっきりしない気持ちで瞬太が階段を掃いていると、北風にのって、いい匂いがただよってきた。

間違えるはずもない。

三井のシャンプーの匂いだ。

「こんにちは……って、変かな。毎日学校で会ってるのに」

瞬太が階段をかけあがると、三井がはにかむように微笑んでいた。

「いらっしゃい。占い？　それともお守り？」

「えっと、占い、かな？」

「わかった」

瞬太は階段をふたたびおりて、黒いドアをあける。

「店内へどうぞ」

「沢崎君、そのストラップ……狐？」

「あ」

自分には三井に渡すのは無理だ、と、早々と瞬太はあきらめたのだが、せっかく麻央がつくってくれたのに捨てるわけにもいかず、陰陽屋のほうきにくくりつけたのだ。

「うん、狐。このまえ谷中で見つけたんだ」

「すごくかわいいね。ハンドメイド？」

「うん、きものの森川（もりかわ）っていうお店で作ってくれたんだけど、よかったら……」

どうやら自然に三井にストラップを渡せそうだ、と、思った時。

「いらっしゃい、お嬢さん。陰陽屋へようこそ」

休憩室から祥明がでてきてしまった。

二人の話し声が聞こえたのだろう。

「こんにちは。占いをお願いしたいんですけど……」

三井がおずおずと頼むと、祥明はいつもの営業スマイルでテーブル席に案内した。

瞬太は大急ぎでお茶をいれながら、つい、きき耳をたててしまう。

「大晦日の狐の行列に参加してもいいのかどうか、迷っていて……」

倉橋が、春菜と一緒じゃないと高校最後の狐の行列に参加する意味がない、と、言ったので、つい、じゃああたしも参加する、と答えてしまったのだが、本当にこれでよかったのか自信がないのだという。

「怜ちゃんのお父さんとお母さん、あたしが子供の頃から本当に親切にしてくれて。何度も泊めてもらったし……。あたし、倉橋スポーツ用品店で、店番のお手伝いをした方がいいんじゃないかなって思うんです……怜ちゃんも本当はお店のこと、すごく大事に思ってるんです。自分が剣道にうちこめるのも、お店のおかげだって言ってるの、聞いたことあります」

「それで占いを？」

「はい。どうしたらいいのかわからなくなってしまって」

「ふむ。ではイエスかノーか、明快な答えがでる占いをお教えしましょう」

祥明は瞬太に、トランプを持ってこさせた。

ジョーカーをぬいて、三井に渡す。

「占いの内容を念じながら、このトランプをよくきってください」

三井は本当に迷っているのだろう。

裏返したトランプを、何度も何度も、丁寧にきった。

「では上から順にならべていきます」

祥明はトランプを裏返したまま、上から順に十一枚を、円を描くようにぐるりと並べた。

「行列への参加がイエスならハートとダイヤの札が、ノーならスペードとクラブの札が多くでます」

「はい」

一枚ずつ、祥明はゆっくりと札を返していく。

赤、黒、赤、赤、赤、黒……

「赤」

「赤九枚、黒二枚。圧倒的にイエスです。参加すべきですね」

「あ……ありがとうございます」

三井の大きな瞳がうるんでいる。

三井は本当は、行列に参加したいのだ。

祥明と歩きたいのだ……。

瞬太の胸がチクリと痛んだ。

「倉橋さんのお店で用意した狐グッズは、タオルと手ぬぐいだけですか？」

「はい、そう聞いています」

「思うに、無理にスポーツ用品にこだわる必要はないと考えます。たとえばキツネ君がほうきにつけている狐のストラップ。あれを作っている谷中のお店の若奥さんに、店先の場所だけを貸すというのはどうでしょう？　きっと喜んで和風小物を売りに来ると思いますよ。場所を貸すかわりに、タオルと手ぬぐいも一緒に売ってもらえばいい」

祥明の案に、三井は顔をかがやかせ、立ち上がった。

「早速これから怜ちゃんの家に行ってきます！」

「あ、この狐のストラップを参考にお持ちください」

「ありがとうございます」

祥明は勝手に、瞬太がほうきにつけていた狐のストラップをほどいて、三井に渡してしまう。

三井にあげるつもりで買ったものだからいいのだが。

三井はすごく嬉しそうにぱっと顔を輝かせ、何度も頭をさげて、足取りも軽く帰っていった。

「いいアイデアがあるなら先に言えよ、まったくもう」

「今ひらめいたんだから仕方ないだろう」

頬をふくらませる瞬太に、祥明は悪びれず答えた。

でも結果的に、これで、自分も三井と一緒に行列を歩くことができる。

ストラップも三井に渡せたし……いや、渡してくれたんだけど。

ちょっと悔しいけど、祥明には感謝するしかないな。

ついつい瞬太の口もとは、ふにゃりとゆるんでしまうのであった。

八

スーパーで柚子とかぼちゃが山積みされている冬至の前日。

瞬太が北風に首をすくめながら陰陽屋への階段をかけおりていると、ドアごしに、なにやら美味しそうな甘い匂いがただよってきた。

まだクリスマスには早いが、お客さんが差し入れを持って来てくれたのかもしれない。

瞬太が静かに黒いドアをあけ、中の様子をうかがうと、薄暗い店内の真ん中で、ろうそくのささったケーキが明るくあたたかな光をはなっていた。

いつもは店の奥におかれているテーブルを、中央に移動したようだ。

なんだろう、やっぱりクリスマスかな？

店に入ってもいいのか、瞬太が迷っていると、「入っていいぞ」と、祥明の声が聞こえてきた。

「どうしたの、このケーキ？」

「律子さんが焼いてきてくれたんだ」

「へぇ、プリン以外の差し入れははじめてだね」

ケーキの上のプレートを見て、瞬太は驚いた。

クリスマスケーキだとばかり思っていたら、HAPPY BIRTHDAYと書かれている。

「誕生日……ケーキ？」

「十八歳だろ？」

「えっ、どうして祥明が知ってるんだ？　あっ」

知っているはずだ。

陰陽屋で呉羽に誕生日を聞いたのだから。

「そうか……」

「みどりさんと吾郎さんにおれの口から伝えるのも変だから、今年は言わないでおくことにした」

「うん。ありがとう」

「律子さんの力作、うまそうだな」

「よし」

　瞬太はテーブルの上に用意されていたフォークをケーキにつきさし、大きなひとかけをとると、口に運んだ。

「めっちゃ美味しい！　おまえも食べていいぞ！」

　瞬太は相好(そうごう)をくずした。

「あれ、でも、この生クリーム、ばあちゃんのいつものと微妙に違う気がする。味とか匂いとか……」

　祥明もフォークで一口、生クリームを味見して首をかしげる。

「おれには微妙な違いとやらはわからないが、おまえがそう言うのなら、プリン用とケーキ用で使い分けているのかもしれないな」

「そっか」

　瞬太は納得しそうになった。

だが一つひっかかると、何もかもが気になりはじめる。

まず、チョコがいつものチョコじゃない。これもケーキ用に違う種類にしたと言われればそうなのかもしれない。

だが、生クリームのしぼり方が、いつになくよろよろしているし、苺のヘタの取り方がいつもより浅い。律子はもっとヘタぎりぎりのところを切ってくるが、今日の苺は、白いところが残らないくらい切っている。

何かがおかしい。

瞬太は嗅覚を全開にした。

ケーキを焼いた人の残り香をさぐろうとしたのだ。

だがだめだった。

チョコやクリームの甘い匂いが強いせいもあるが、おそらくこのケーキを焼いた人は、飾りつけをする時に、トッピングに自分の匂いが残らないように、薄いビニールの手袋でも使ったのだろう。

律子ならそんなことはしない。もちろん吾郎も、みどりも。

自分の匂いを消そうとした人は、呉羽ではないだろうか。

他の人が焼いたケーキということにしてくれ、と、呉羽が祥明に頼んだのだろう。

そもそも律子だったら、祥明に預けたりせず、瞬太に直接渡して、食べるところを見守るような気がする。

瞬太が黙々とケーキを口に運んでいるを、祥明が不審に思わないはずはない。

だが、祥明は何も言わず、もう一口、今度はスポンジの部分をフォークですくって味をみた。

祥明の口の中から、ジャリッという妙な音が聞こえてくる。

「うっ」

祥明は形の良い眉をぎゅっとしかめると、おもむろに立ち上がり、スタスタと休憩室に歩いていった。

コップに水をついで、ぐいっと飲みほす。

「もしかして、卵の殻でも入ってたの？」

「いや、塩のかたまりだ」

間違いない。そんな粗忽（そこつ）なことを、律子がしでかすはずがない。

「……えっと、なんていうか、ごめん」

「おまえが謝ることはない」

「う、うん」

祥明は唇の端についた水を指でぬぐうと、おもむろに、瞬太の顔を正面からのぞきこむ。

「ところでキツネ君、さっきから言うべきか否か迷っていたんだが」

「えっ、何を!?」

まさか祥明の方から、真相を語りだすのか!?

瞬太は期待と不安でドキドキしながら、祥明の言葉を待った。

「普通、食べる前に、願い事をしながら蠟燭(ろうそく)を吹き消すものじゃないか?」

「……あっ!」

「今年は願い事は無しだな」

「あああぁ、卒業とか、卒業とか、卒業とか願えばよかった!」

両手で頭をかかえて嘆(なげ)くが、最初のひとかけはもう胃袋の中である。

「うん、このへんは大丈夫だな」

気をとり直して、祥明も反対側から食べはじめた。

「食べたら階段を掃除しろよ。今日もイチョウの落ち葉がすごいことになってる」

「わかってるよ」

二人は猛然とケーキを平らげはじめたのであった。

九

まだ夜八時半なのに、アスファルトからはいあがってきて、しんしんと身にしみる冷気は、間違いなく真冬のものだ。

雲の間からひっそりと顔をだしている白い三日月が、お隣の庭の赤い椿（つばき）を静かに照らしている。

沢崎家の臘梅（ろうばい）も、だいぶつぼみがふくらんできた。もう二、三日もすれば、つやつやした黄色い花がひらき、芳香をはなちはじめそうだ。

瞬太が家の前でしゃがみ、ジロの頭をなでまわしていると、ドアがあき、みどりが顔をだした。ジロのほえ方で、瞬太が帰ったのがわかったのだろう。

「どうしたの？　もう晩ご飯できてるから早く入りなさいって父さんが言ってるわ

よ」

「あ、うん」

おやすみ、と、ジロの頭をもう一回なでると、瞬太は立ち上がった。

「ただいま。この匂いはおでん？」

いつも通り、玄関からキッチンに直行して確認する。いわしのつみれと大根がたっぷりはいっているのが吾郎のおでんの特徴だ。

エプロンをつけ、右手に菜箸を持った吾郎は、首をかしげた。

「瞬太、何かあったのか？　顔が変だぞ」

「えっ、おれ、変な顔してる？」

「うん、軽くこわばってる」

瞬太は自分の頬を両手ではさんで、もみほぐす。

「えーと、寒い中、ジロをなでてたから、顔がこわばっちゃったのかも……」

瞬太はなんとかうまく誤魔化そうとしたが、吾郎とみどりに気の毒そうな表情をされただけだった。

「瞬太は本当にわかりやすいわね。何でも顔にでるんだもの」

リビングルームのこたつの上に小鉢をならべながら、みどりはしみじみと言う。

「実は……おれ……」

「赤点とったくらいでそんな顔をするはずないし、さては、またふられたのね？　言いたくなかったら言わないでいいわよ」

「またって何だよ！　違うから！　誕生日だったから……」

うっかり口走ってから、しまったと思うが、もう遅い。

「誕生日？　誰の？」

「その……おれの誕生日。今日なんだって、呉羽さんが」

「今日!?」

二人はひどく驚き、衝撃をうけたようだった。

「ごめん、何となく言いそびれてた」

やっぱり言わない方がよかったのだろうか。

瞬太はしょんぼりとうつむいた。

「何てことだ……」

吾郎は土鍋の取っ手を握りしめたまま、肩をおとす。

「わかってたら、おでんになんかしなかったのに。もっとこう、腕によりをかけて、ハーブをつかったスモークチキンとか、凝(こ)った料理をつくりたかったよ」

「えっ、料理？」

予想と違う吾郎の反応に、瞬太はとまどう。

一方、みどりも悲しげなため息をついた。

「権現坂(ごんげんざか)のケーキ屋さん、もう閉まってるわよね。クリスマスと子供の誕生日は、ホールケーキの注文がダイエットの神様に許される、数少ないチャンスなのに」

「ご、ごめん」

ダイエットの神様なんて聞いたこともないが、とにかくみどりが悲しそうなので謝るしかない。

「ううん、母さんこそうっかりしてたわ。呉羽さんに確認しておけばよかった。十八の誕生日は一生に一度なんだから、盛大にお祝いしてあげなきゃいけないのに」

「えっ、そんな大げさな。それを言うなら十九の誕生日だって一生に一度なんだし、来年、盛大にお祝いしてくれればいいよ」

まるで祥明のような見事な反論じゃないか、と、瞬太は心の中で自画自賛した。

だが言った後で、はっとする。

来年の今頃、自分は、まだこの家にいるのだろうか……？

もしかしたら、今日は、両親とむかえる最後の誕生日なのかもしれない。

それで、一生に一度の誕生日だとみどりは言ったのだ。

瞬太は自分の指先がすうっと冷たくなるのを感じる。

「えっ……と」

凍りついた瞬太に、みどりはにこりと笑った。

「あら、十八の誕生日はやっぱり特別よ。特に男の子はね。だって結婚できるようになるんだから。自動車の免許もとれるわよ」

わかりやすい瞬太の表情を、みどりが気づかなかったはずはない。だが、あえてスルーして、明るく答える。

「そういえば伸一君もこのまえ十八になって、やっと瑠海ちゃんと婚姻届をだせたみたいよ」

「そうか、伸一も十八になったんだ」

伸一は、瑠海は、そして大ちゃんは元気だろうか。

ミルクの匂いがする、小さな小さなてのひらの赤ちゃん。

瑠海の母と祖母がついているから大丈夫だとわかっていても、ついつい気になってしまう。

「でもおれは伸一と違って、相手がいないから、結婚は関係ないかな」

瞬太は自分の耳の裏をかいた。

「でも瞬太の場合、自動車の運転もなぁ。奇跡的に免許がとれたとしても、居眠り運転しそうであぶないよ」

吾郎の指摘に、瞬太は愕然とした。

「たしかに……」

自分でも自動車の運転はやめた方がいい気がする。

「それを言うなら、二十歳になってもお酒は飲まない方がいいと思うわ。ほら、例の、化けギツネの篠田(しのだ)さんっていう人は、酔っ払って尻尾をだしたせいで、祥明さんのお祖父(じい)さんに正体がばれちゃったんでしょう?」

「うっ」

葛城(かつらぎ)も、溺死するほど酔っぱらっていた兄が尻尾をだしていなかったのはおかしい、とかなんとか言っていた。

どうも化けギツネというのは、へべれけに酔っ払うと、尻尾をだす習性があるようだ。

「たしかに、万一、大勢人がいるところで尻尾をだしたらまずいことになるな。居酒屋とか」

「わかった。自動車の運転と酒には手をださないって約束する」

瞬太は重々しく宣言した。

「ついでに言えば、おれ、煙草(たばこ)も苦手なんだよね。鼻がききすぎるから。喫煙所の近くを通っただけで頭がくらくらしちゃう。でも、自動車も、酒も、煙草もだめだなんて、おれって一体……背も伸びないし……」

瞬太はどんどんうつろな眼差(まなざ)しになっていく。

「まあまあ、とりあえずおでんを食べよう。人間、お腹がすくと発想が後ろ向きになるから」

吾郎は苦笑いで土鍋を持ち上げると、こたつに運んでいった。

「その後まだお腹に入りそうだったら、王子駅のガード下の喫茶店でケーキを食べない？　あそこは十時まであいてるはずだから」

みどりも茶碗と箸をならべはじめる。

「食べる食べる！　別腹だから余裕だよ」

今日も過保護で甘い両親の案に、瞬太は大きくうなずいたのであった。

十

終業式の日は、おだやかな冬晴れだった。クリスマスイブということもあり、校内はなんとなくうきうきした雰囲気につつまれている。

しかし、進路指導室の中だけは、ブリザードが吹き荒れていた。

「大変残念です」

瞬太の通知表を前に、山浦（やまうら）先生が重々しく言う。

「まさかの国語ですか……」

「ええ、現代文が赤点でした」

「うむむ」

吾郎は額の汗をぬぐいながらうめいた。

みどりにいたっては声もでない。

期末テストの数Ⅰで、瞬太は奇跡的に赤点ラインをクリアした。

ひとえに祥明がはったヤマがみごとに的中したおかげである。

おかげで数Ⅰの成績も、下から二番目の「２」にあがり、瞬太としては久々の快挙達成だった。

ところが今度は、現代文がひっかかってしまったのである。

ちなみに今日、三者面談のために特別によびだされているのは、沢崎家だけだ。

かれこれ四ヶ月近く、卒業のことだけを考えろ、と、祥明に言われ続けてきたが、やっぱり無理なものは無理だったか、と、瞬太は肩をおとす。

「沢崎君、数Ⅰをがんばりすぎて、国語にまで手がまわらなかったの？」

「ええと、現代文はノーマークだったから、祥明の特訓がなかったんだよ。あと、そうだ、今回は三択問題が少なかったからだ」

瞬太の正直な答えに、先生は目をむいた。

「いつも三択で現代文の点をかせいでいたの？」

「うん。おれ、国語も理科も選択ってけっこうあたるんだ。勘がいいっていうか、運がいいっていうか。でも英語と数学は選択問題がほとんどでないから苦手なんだよね」

みどりと吾郎も、この答えには苦笑いするしかない。

「それで先生、おれ、卒業は無理そうなのかな?」

瞬太のストレートな質問に、みどりが肩をビクッとふるわせる。

「一月の学年末テストで挽回できれば、卒業できるかもしれないわ」

「まだ可能性はあるんですね!?」

みどりのすがるような眼差しに、先生はうなずく。

「ただし国語の先生から、補習がわりの作文の宿題がたくさんだされています」

「また作文かぁ」

唇を尖(とが)らせる瞬太の両側からさっと手がのびてきて、口をふさがれたのである。

進路指導室からでた途端、みどりは大きく息を吐いた。

「これって、考えようによっては、首の皮一枚つながったってことよね? 留年決定って言われないで本当によかったわ」

「そうだな。卒業まであとひとふんばりだ」

吾郎も、やれやれ、と、自分の首をもみほぐしている。

きっと扉のむこうでは山浦先生があきれたり怒ったりしているに違いないが、それでも瞬太は、二人に「ありがとう」と言わずにはいられなかった。

十一

大晦日の深夜、十一時頃。

瞬太は両親とともに、家をでた。

みどりはもちろん、この日のために購入したウールのアンサンブルを着込んでいる。ついでに狐のお面も新調したらしい。

瞬太はいつもの童水干（わらべすいかん）で、吾郎も去年と同じ着物だ。

行列参加者用の提灯（ちょうちん）は受付の時に貸してくれたものなので、三人ともおそろいである。

「今年も寒いわねぇ。本当にその草履（ぞうり）で行くの？」

　みどりは手袋をはめた両手に息をふきかけながら、瞬太に尋ねた。

　なにせ瞬太は素足に草履なので、正直、かなり寒いのだが、この格好でブーツやスニーカーだと格好悪すぎる。

「慣れてるから大丈夫だよ。お腹にカイロも入れたし」

「背中にも貼っておきなさい」

　みどりは袖から予備の使い捨てカイロを一個だして、瞬太に渡した。きっとみどりは、懐や帯にもカイロを仕込んでいるにちがいない。

　近所の人たちは皆、テレビに見入っているのか、それとも旅行や帰省で家をあけているのか、まったく人通りのない静かな住宅街に、三人の声がこだまする。

　天頂近くで明るく輝く月がさえざえと美しい。

　王子駅が近づくにつれて、ちらほら人の姿がふえてきた。

　北とぴあの脇をぬけ、駅前の大通りにでると、だいぶにぎやかになる。

　ほとんどが観光客だろう。狐のお面をつけて、行列マップを確認したり、特設テントで土産物を買ったりして、思い思いに楽しんでいるようだ。

　お土産といえば、倉橋スポーツ用品店はうまくいっているだろうか。

「まだ集合時間まで二十分あるから、ちょっと行ってくる」

「そう？　遅れないようにね」

集合場所の手前で両親と別れ、倉橋スポーツ用品店にむかう。

店先では、着物の上からエプロンをつけた麻央（まお）が店番をしていた。折りたたみの細長い机の上には、手作りの狐グッズに猫グッズ、そして例の狐のタオルと手ぬぐいを並べている。

「麻央さん、差し入れ」

瞬太は自販機で買ってきた温かい缶コーヒーをさしだした。

「あら、瞬太君、ありがとう」

「店番、一人で大丈夫？」

「大丈夫よ。義母（はは）と夫と娘も来てるから。今はみんな、装束稲荷（しょうぞくいなり）にお詣（まい）りに行ってるけど、そろそろ戻ってくると思うわ」

「そうか、呉服屋さんとしては装束稲荷にお詣りしないわけにはいかないもんね」

「そういうこと」

もともとお稲荷さまは商売繁盛と五穀豊穣の神様だが、その上、装束ということで、ファッション関係者には人気の神社なのだ。

「でもこの通りはあんまり人が来ないね……。十二時近くになれば、このへんまでいっぱい人が来るはず……なんだけど……」

まさかとは思うが、四人も谷中から店番に来てくれたのに、全然売れなかったらどうしよう。

「瞬太君が心配しないでも大丈夫よ。ときどき観光客の、特に外国の人がちりめんの生地を珍しがって買っていってくれてるから」

「そうなの……？」

「そうよ、安心して。このタオルと手ぬぐいはともかく、狐のストラップはすごくかわいいから、立ち止まった人は八割方買っていくわ」

店の奥からでてきたふくよかな中年女性にいきなり声をかけられて、瞬太はあわてたが、このきりりとした面差し（おもざし）にはすごく見覚えがある。

「もしかして……」

「こんばんは、倉橋怜の母です。沢崎瞬太君でしょ？」

「え、あ、うん」

倉橋母は、身長は娘と同じくらいだが、体重は二倍近くありそうな太マッチョだった。有名ブランドの黒いトレーニングウェアを着込んでおり、とにかく強そうだった。

「いいアイデアをありがとう。おかげであたしも楽させてもらってるわ」

「そう？」

自分じゃなくて祥明のアイデアだけど、と、瞬太は心の中でつけたす。

「怜はさっき、春菜ちゃんと一緒に行っちゃったのよ。そのへんで写真でもとってるんだと思うけど」

「ああ」

言われてみれば、角のあたりがさわがしい。

倉橋怜ファンクラブで撮影会になっているのだろう。

しかし、だんだんと話し声がこちらに近づいて来たような……？

「おや、キツネ君」

瞬太の予想に反して、角を曲がってあらわれたのは祥明だった。いつもの白い狩衣(かりぎぬ)に藍青(らんせい)の指貫(さしぬき)姿で、とりまきの女性たちを大勢ひきつれている。

祥明は祥明で、今年も撮影会になっているようだ。

「お久しぶりです、麻央さん。こちらが例の狐ストラップですか。すべてハンドメイドの一点ものだとうかがいましたが、とてもかわいいですね」

「えっ、一点ものなの？」

「本当にかわいいわね」

「これSNSに画像をあげても大丈夫？」

祥明の一言で脚光をあびた狐のストラップは、一個五百円というお手軽プライスも幸いして、かわいいもの好きの女性たちに次々と買われていく。

「さすがは店長さんだね」

狐のお面をつけ、首からカメラをぶらさげた書生スタイルの長身の少年が瞬太に話しかけてきた。どう見ても高坂だが、やけに声がくぐもっている。

「委員長、やっぱり取材に来たんだね」

「うん。お面とマスクのダブルでインフルエンザ対策をしてきた。この取材は僕の原点にしてライフワークだからね」

「史兄(ふみにい)ちゃんったら、どうしても今日は取材するって聞かないんだから」

高坂の妹の奈々(なな)も振り袖姿で初参加だ。今日は一段と複雑な編み込みで髪をハーフアップにしている。もとがかわいいので、狐メイクをすると一段とあでやかだ。

瞬太は、苦手な奈々からはなれるべく、こっそり後じさろうとして、長身の男性にぶつかってしまった。

「あ、ごめんな……えっ？」

黒の紋付きにオールバックの髪でビシッと決めた長身の男性は、黒い狐面をとって、にこっと笑った。

「こんばんは、瞬太さん」

みごとなつり目だ。

「えっ、もしかして、葛城さん!?　どうして!?」

「瞬太さんから狐の行列のことを教えてもらって、とても楽しそうでしたので来てみました」

そういえばたしかに電話で狐の行列の話はしたが、まさか来るとは思わなかった。

「言ってくれればいろいろ案内したのに」

「私たちは行列には参加せず、見物するだけですから、瞬太さんはお気になさらず」

「そうなんだ。……今、私たちって言った？」

小さな手をふったのは、呉羽(くれは)だった。

「こんばんは」

葛城の広い背中の後ろから、ちょこんと顔をだし、小さな手をふったのは、呉羽だった。

「呉羽さんまで……！」

「全然気にしないで！　もう、普通にしててくれていいから」

あまりのことに、瞬太は口を閉じたり開いたりするが、言葉がみつからない。

なぜ、呉羽までがここに。

「沢崎、そろそろ集合時間だから行かないと」

高坂に声をかけられて、瞬太ははっとした。

「行ってらっしゃい。楽しんできてね」

呉羽と葛城がにこにこ手を振ってくれたので、瞬太はこくりとうなずいて、高坂が待つ方に走っていった。

驚きのあまり、何も考えられない。

瞬太は呆然としたまま、列にならんだ。

無断で京都まで行った自分が言うのも何だが、化けギツネたちの行動は本当に予測不能というか、自由すぎるというか……。

十メートルほど前方に、みどりと吾郎の姿も見える。

スタートまであと三十分、みどりが呉羽に気づかないことを祈るばかりだ。

とにかく落ち着こう。

瞬太は目を閉じて、深呼吸をした。

行列を見物する観光客たちのざわめきが耳にはいる。

スタート待ちで並ぶ自分たちにむけられた視線、あるいはシャッター音。

祥明などはすっかり慣れっこになっているので、カメラにむかって営業スマイルをふりまいている。

見物の人たちはみんな、もこもこのダウンのコートにブーツで暖かそうだなぁ。

瞬太は、人混みをぼんやりと眺めていたが、急にはっとして目を見開いた。

今、琥珀（こはく）色の瞳が見えた、気がした――

あとがき

さて、陰陽屋シリーズ十一巻あとがきです。

このあとがきを書いている二〇一八年八月現在では、十一巻には「陰陽屋秋の狐まつり」という冗談のような仮タイトルがつけられているのですが、みなさまのおてもとに届く時には、もう少し真面目なものに変更されていますでしょうか？

ちなみに「陰陽屋秋の狐まつり」というタイトル案を考えたのは、私の所属事務所であるらいとすたっふの安達さんです。

タイトルは毎回、私と編集者さんと安達さんの三人で案をだすのですが、「陰陽屋へようこそ」「陰陽屋あらしの予感」「陰陽屋開店休業」など、内容そのままのストレートなタイトル案はたいてい私がだしたもので、「陰陽屋恋のろい」「陰陽屋猫たたり」などのひねったタイトルが編集者さん、「陰陽屋あやうし」「陰陽屋恋のサンセットビーチ」が安達さんです。

タイトル案にも性格がでますね（笑）。

いきなりですが、忘れないうちにまずは告知から。

二〇一八年の春から陰陽屋シリーズの朗読（オーディオブック）の配信が開始されました。

読んでくれているのは声優の松元惠さんなのですが、ドラマ仕立てではなく原文そのままの朗読なので、祥明も、瞬太も、みどりも、吾郎も、プリンのばあちゃんも、そしてセリフ以外の地の文も、すべて松元さんが一人で演じてくれています。

当たり前ですが、プロの声優ってすごいですね！

通勤、通学をしながら、家事をしながら、絵を描きながら、ゲームをしながら、気軽に、そして安価で楽しめるので、ぜひ「キクボン　陰陽屋」で検索してみてください。

ちなみに私は夜な夜なお布団の中で聞いてます（笑）。


さて、一話目は秋恒例の文化祭です。

（ここからネタバレになるので、先に本文を読むことをおすすめします）

都立高校には、文化祭と公開授業の計二度回、取材に行ったのですが、まず驚いたのは、ほぼすべての教室にエアコンが完備されていることです。その上、陶芸室や、水屋つきの和室まであるじゃないですか。

二巻に書いた「生物室の遺伝子解析装置」も、実際に目撃しました！（装置がしまわれている棚の貼り紙を（笑））

さすが東京都はお金持ちですね。

二番目に驚いたのは、生徒がみんな、教室でも黒い革靴なんですよ。私の時代は校舎内は布製の白い上ばきにはきかえるものでしたが、さすがは二十一世紀、と、妙なところで感心してしまいました。

（たぶんトラブル防止のためなんでしょうけど、下駄箱にラブレターやチョコや果たし状が入れられないと、少女漫画的な盛り上がりが……と、余計な心配をしてみたり）

公開授業でも驚きの発見がありました。

英語の授業で、生徒たちがニンテンドーDSみたいなものを机の上に開いて置いていたのですが、一緒に行った編集者さんが「あれ電子辞書でしょうか」と。目からウロコでした。

行ってみるものですね！

瑠海と伸一のなれそめも一話に入れたかったのですが、優等生の瑠海とバスケ一筋の伸一にいったい何があって恋におちたかを書くだけで、軽く十ページをこえそうだったので、今回はやめておきました。いずれスピンオフとして、一本書けたらいいなと思っています。

二話目には恒例（？）実体験ネタが入ってます。

プロットを書いた時点では、この話にでてくる小動物はネズミだったのですが、たまたまこの夏、牛乳を買いにいったら、なぜか店の前に人だかりができていまして（笑）。都内でもハクビシンがでるという噂は聞いていたのですが、まさか自分が目撃することになろうとは。

網で捕獲されたハクビシンがパトカーで連行されていく姿が新鮮だったので、早速、ネタとして採用してしまいました。

三話目にでてくる秘密の呪文は、着つけの先生に教えていただいた言葉です。

「受験に失敗したら」「仕事がうまくいかなかったら」「親が倒れたら」「病気や事故

で寝たきりになったら」「猫がいなくなったら」などなど、不安の種はつきませんが、そんな時はぜひこの秘密の呪文を使ってみてください。

四話目も冬恒例、狐の行列をめぐる騒動です。

いまだに「狐の行列って本当にあるんですか？」と聞かれるのですが、本当にあるんですよ（笑）。

私もほぼ毎年、大晦日の夜は、王子稲荷神社への初詣をかねて、狐の行列を見物に行っています。

さすがに行列を歩いたことはないのですが、きれいな女狐さん、粋なお兄さん狐、そしてかわいい仔狐ちゃんたちを見ているだけで楽しい新年をむかえることができます。

さて、そんなこんなで、十一巻には化けギツネたちがいっぱいでてきました。

みんな「ちょっと待て」な感じの人（狐）たちなので、次巻でも引き続き祥明と瞬太を困らせたり悩ませたりする予感です。

はたして陰陽屋シリーズが無事に完結までたどりつくことができるのか、一番ハラハラしているのは私だったりするのですが、また十二巻でお目にかかれますように。

二〇一八年　八月吉日　天野頌子

（付記）

ここまでつらつら書いておいて何ですが、実はまだ本編原稿は完成していません。十巻までは本編脱稿後、最後の最後にあとがきを書いていたのですが、九巻のあとがきに「眠いのと時間がないのとで」と書いたら、「あまり無理をしすぎないでください」と小学生の男の子から心配のお手紙をいただいてしまいました。

小学生に心配をかけるなんて、大人としてだめじゃん……！

というわけで、ちょっぴり反省し、今回は余裕のあるうちにあとがきを書きました。

仙台のA立君、安心してください。

最後の最後はせっぱつまりますが、それまではちゃんと寝てるし、だらだらしてますよ〜。

参考文献

『現代・陰陽師入門　プロが教える陰陽道』（高橋圭也／著　朝日ソノラマ発行）
『安倍晴明　謎の大陰陽師とその占術』（藤巻一保／著　学習研究社発行）
『陰陽師列伝　日本史の闇の血脈』（志村有弘／著　学習研究社発行）
『陰陽師――安倍晴明の末裔たち』（荒俣宏／著　集英社発行）
『陰陽道　呪術と鬼神の世界』（鈴木一馨／著　講談社発行）
『陰陽道の本　日本史の闇を貫く秘儀・占術の系譜』（学習研究社発行）
『陰陽道奥義　安倍晴明「式盤」占い』（田口真堂／著　二見書房発行）
『安倍晴明「占事略决」詳解』（松岡秀達／著　岩田書院発行）
『鏡リュウジの占い大事典』（鏡リュウジ／著　説話社発行）
『野ギツネを追って』（D・マクドナルド／著　池田啓／訳　平凡社発行）
『狐狸学入門　キツネとタヌキはなぜ人を化かす?』（今泉忠明／著　講談社発行）
『キツネ村ものがたり　宮城蔵王キツネ村』（松原寛／写真　愛育社発行）
『足裏・手のひらセルフケア』（椎名絵里子／著　手島渚／監修　枻出版社発行）
『ほっとする禅語70』（渡會正純／著　石飛博光／書　二玄社発行）
『ひよこクラブ特別編集　最新　月齢ごとに「見てわかる!」育児新百科』（松井潔／総監

修　ベネッセコーポレーション発行）
『娘が妊娠したら親が読む本』（竹内正人、岩下宣子／監修　大泉書店発行）

本書は、書き下ろしです。

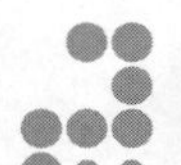

よろず占い処 陰陽屋秋の狐まつり

天野頌子

2018年11月5日初版発行

発行者……長谷川 均
発行所……株式会社ポプラ社
〒102-8519 東京都千代田区麹町4-2-6
電話……03-5877-8109(営業)
03-5877-8112(編集)

フォーマットデザイン 荻窪裕司(bee's knees)
印刷・製本 凸版印刷株式会社

ポプラ文庫ピュアフル

ホームページ www.poplar.co.jp

N.D.C.913/367p/15cm
ISBN978-4-591-16090-9
P8111261